ギリ飯《めし》

人生ギリギリご飯

北島直子
Kitajima Naoko

風詠社

目次

装幀　２ＤＡＹ
装画　楠葉さわ

信用金庫の宏《ひろし》

「お先に失礼します」

定時はとっくに過ぎているが、まだほかの営業係は仕事をしている。得意先の会社の決算書を見ながら融資案件をまとめたり、住宅ローンの借り換えを試算したりと忙しそうだ。

「なんだ、鈴木、もう帰るのか？」

咎めるような視線で上司の岩井《いわい》が宏を見る。

「はい。すいません。お疲れ様でした」

鈴木《すずき》宏《ひろし》は静浜《しずはま》信用金庫に入って五年目。この春、郊外の店舗から街中の肴町《さかなまち》支店に転勤になった。

これまでいた支店と違って、なかなか思うように成績が伸びない。前の支店は農家や自営業といった個人宅の多いところで、ほのぼのした風貌の宏は比較的お客さんからの評判が良かった。うちの娘と結婚して養子に入ってくれないかとか、後継者がいないからうちの店を継がないかとか。

街中の支店はすべてが倍のスピードで過ぎていく。来店客も多いし、その日のうちに集金に行かなければならない会社や店舗も多い。その間に新規セールスなんてみんなどうやっているんだろう。

今日も新規契約はゼロ。メガバンクのときわ銀行に乗り換えられた取引先が一社。残っていてもやる仕事がない。このままいても上司である支店長代理の岩井から嫌みを言われるだけだ。腹も減ったし。

宏は信用金庫を出て最近よく夕食を食べに行く店へと足を向けた。


「あら、いらっしゃい」

繁華街から一本裏通りにある「おばんざい屋　くるくる」。

気のいいおばちゃんが一人で切り盛りしていて、酒も飲めるし、飯も美味い。値段も良心的な店だ。転勤を機に一人暮らしを始めた宏は二日に一度は顔を出している。五卓あるテーブル席のうち三卓はスーツ姿のサラリーマンでうまっている。

今日は水曜日。水曜日は残業をゼロにしている会社もあるらしい。すでにビールから冷酒に切りかえて盛り上がっているグループ、上司なのか取引先なのか、若い二人がしきりと年配の男性にお酌をしているテーブル、一人で酒も飲まずに親子丼をかき込むように食べているサラリーマン。みんなそれぞれだ。

カウンターは六席あり、ほぼ毎日来ているらしいおじいさんが一人、芋焼酎のお湯割りを飲んでいる。つまみは、冷奴にそら豆の塩茹でだ。

「じゃ、生ビール」

おじいさんから一つ席をあけてカウンターに座った。

「はい。どうぞ。」

おばちゃんがおしぼりと、生ビールを持ってきた。一口飲んだ。ほろ苦い。ここのところの営業成績を思うといつもより少しビールが苦く感じる。

この日のお通しは、小鉢に盛られたあさりとネギのぬた。ネギがシャキシャキしていて美味い。あさりも大粒だ。酢みそのほどよい酸味が胃袋を刺激する。

「はい。メニューおいとくね」

給料日までまだ日があるし、あまり豪勢にというわけにはいかない。おかずになるものを数品頼んでご飯をもらって、それで十分だ。

「あ、おばちゃん、注文いい？　えーっとね、新じゃがの明太和えと、焼き鳥おまかせ五串、あとサラダはどうしよっかな？」

「それなら、今日はキノコをたくさん仕入れたからカリカリベーコンとキノコのホットサラダなんてどう？」

「お、美味そう。じゃあ、それで。あと白いご飯もちょうだい」

とりあえずのメニューは決まった。

スーツの上着を脱いで、ネクタイを緩めて、改めてビールをゴクリと飲んだ。少しは苦さもやわらいできた。学生時代は、サラリーマンを見て、そんなオヤジくさい真似なんてするもんかと思っていた。しかし現実はまさに疲れたサラリーマンそのものだ。

携帯電話を取りだしてみたが、とくに誰からの連絡も来ていない。

同じ支店で窓口係をしている恵美子《えみこ》とは、何度か飲みに行ったことがある。前にいた支店から転勤の辞令が出て、肴町支店に初めて顔を出したとき、宏は段ボール二箱のジャガイモを抱えていた。前の支店の集金先はジャガイモ農家がいくつかあった。なかでもかわいがってくれたお客さんが、転勤祝いに収穫したてのジャガイモを持たせてくれたのだ。ジャガイモの箱を持ってきた宏を見て、恵美子は笑いながらも肴町支店の人数分を小分けの袋に分けて配るのを手伝ってくれた。ジャガイモが大好物だという恵美子の袋には、たくさん入れてあげたら喜んで持って帰っていった。それが縁で飲みに行ったのが最初だ。

肴町支店の周りは市内で一番賑わう繁華街だ。昔からの老舗の割烹もあれば、こじゃれたイタリアンやダイニングバー、全国展開のチェーンの居酒屋もあるし、朝方までやっているバーもある。最初に誘ったときは、女性に大人気というパエリアが絶品のスペイン料理の店に行った。その次は創作和食の店、二週間前に行ったのは半地下にあるほの暗いダイニングバーだ。スパークリングワインをボトルで頼んで、別れ際に酔った勢いでキスしようとしたら、さらりとかわされた。それ以来なんとなく誘いづらい。

恵美子は宏より二つ年下だが、仕事も正確で、ハキハキしていて窓口のお客や上司からも受けがいい。もう一度誘ってみようかな。でも、今の俺じゃ魅力ないよな。

「はーい。お待たせ。最近はベジファーストっていうでしょ。ベジタブルファースト。まずは野菜から食べると太りにくいみたいだね」

カリカリベーコンとキノコのホットサラダが出てきた。

「えっ？　おばちゃんも気にしてるの？」

「当たり前でしょ。いくつになっても女は見た目が気になるの。私だって最近ご飯を食べるときは、まず山盛りの千切りキャベツを食べて、それから普通におかずとご飯にしてるのよ」

「そうなんだ。効果あった？」

「うーん、たぶんこれからじゃない」

「っていうか、おばちゃんいくつよ？」

「あら？女性に年齢聞くの？　失礼よ」

うちのお袋と同じぐらいかな？　童顔で若く見えるとしても、五十は過ぎているよな。軽くパーマがかかったショートヘアに三角巾を付けて、白い割烹着を着ている。

「そんなこといいから、さあ、食べてみて。その名の通りベーコンがカリッカリだよ」

レタスやキュウリ、トマトなどの野菜の上にシイタケやシメジ、マイタケ、エリンギなどのキノコをニンニクと炒めて塩コショウしたものがのっている。そこにカリカリのベーコンチップがトッピングされている具だくさんのサラダだ。醤油ベースのドレッシングがさっぱりしてベーコンのパンチを際立たせている。

「おばちゃん、このサラダいいね。サラダだけどボリュームがあって美味いよ」

「そうでしょ。私の今日のお昼はね、このサラダに焼いた食パンを一口大に切ったものを散らして食べたのよ。どこかのカフェかと思うぐらいのおしゃれランチだったわ」

キノコの熱で野菜がしなってかさが減り食べやすくなっている。

「焼き鳥、もうちょっとで焼けるからね」

「うん。じゃあご飯も一緒に持ってきて」

「あっ、お味噌汁もサービスしてあげようか」

「いいの？　サンキュー」

おばちゃんが調理場へと入っていった。

それにしても、この店、作るのも運ぶのもレジを打つのも全部ひとりでやっているなんて、おばちゃんすごいな。

「育子《いくこ》さん、魚焼いてくれるかな？」

カウンターのおじいさんが注文した。

「幸三《こうぞう》さん、焼き魚ね。それならホッケ焼こうか？　あっでもこれは一人で食べるのには、大きすぎるね。そうだそうだ、サヨリの塩焼きなんてどう？」

「サヨリ。いいいねぇ。春だね」

「じゃあ、ちょっと待ってて」

そうか、育子さんって名前だったな。俺も今度からそうやって呼んでみよう。

「はい。焼き鳥五串と新じゃがの明太和え。それとご飯とお味噌汁ね」

今日のおまかせ五串は、定番のネギマのタレ、つくね、レバー、それに塩で味付けした軟骨とししとうの五串だ。

「おばちゃん、あっ、育子さん、七味ある？」

「あるある。一味と辛子もあるけど。山椒もあるよ」

「えっ、そんなに。全部って言ったら？」

「もちろん無料で。はいどうぞ」

育子が味変化セットみたいな調味料の瓶をまとめて持ってきた。

「ありがとね」

まずは軟骨の塩からだ。これは七味かな。バリバリと骨をかみ砕く宏をカウンターのおじいさんが羨ましそうに見ている。いや、俺も早く年金で飲んだり食べたりして毎日ゆっくり過ごしたいですよ。そうだ、熱いうちにジャガイモも食べないと。ほぐした明太子のピンク色がきれいだな。バターの香りもして食欲がさらに湧いてくる。

新じゃがってメニューにあるぐらいだから、これも地元のものかな？　皮つきだけど、薄くて柔らかい皮だから全然気にならない。いや、それどころか、ジャガイモ本来の味と香りがしてくる。そういえば、恵美子はジャガイモが好きって言ってたよな。

ほどよい明太子の辛みを口の中に残して、白いご飯を一口食べた。美味い。豆腐とわかめのシンプルな味噌汁も美味すぎてズルッと大きな音をたてて飲んだ。

今日は今日。明日は明日。頑張ってみよう。

一粒残らずご飯を食べて宏は店を出た。

翌朝、いつも通りに静浜信用金庫肴町支店では朝礼が始まった。今日の朝礼当番は恵美子だ。簡単な連絡事項の後に支店長からの一言、そして最後は決まって挨拶の声出しだ。

「いらっしゃいませ」

恵美子に続いて支店全員が復唱する。

「いらっしゃいませ」

「ありがとうございました」

「ありがとうございました」

「それではこれで朝礼を終わります。今日もよろしくお願いします」

「お願いします」

それぞれがそれぞれの持ち場に戻って開店の準備を始める。宏のような営業担当は上司の支店長代理からその日の目標というノルマが与えられる。

「西脇《にしわき》、最近お前いい調子じゃないか。岡本《おかもと》さんのところ、今度相続対策でアパートを建てることになったんだろう。岡本さんのおばあさんに気に入られて、年金の受給先を郵便局からうちに変えてくれて、そこからアパートローンだもんな。何がきっかけで大口の取引になるか分からないものだな」

「いえいえ、これは岩井代理のおかげです」

「おう、そうか。おい、鈴木も西脇を見習って何か契約を取ってこいよ。今日は取れるまで帰ってきちゃいかんぞ」

おいおいマジかよ。そんなに簡単に契約なんて取れないのに……。

ふと後ろを見ると、恵美子が宏を見ている。同情してくれているのか、それとも仕事ができないやつとさげすんでいるのか。

支店にいても仕方がない。宏は運を天にまかせて、営業用のバイクで出発した。

午前中は普段の集金先を回るだけで、ただただ時間が過ぎていった。

キュルルルル。腹の虫が鳴る。一人暮らしをしてからは、朝ごはんは缶コーヒーだけだ。昨日の夜「くるくる」で食事をしてからもう十五時間以上固形物を食べていない。でも、昼食なんて食べている時間はない。今日はなんとしても契約を取らないと帰れないのだ。

昼食抜きでバイクで走り回ったが、この日はなんの契約も取れなかった。それどころか、娘が結婚するからその準備資金とやらで大口の定期預金を解約された。

「鈴木、お前、前の支店ではまずまずの成績だったんだろう。成績が下がったらまるで俺の指導が悪いみたいじゃないか」

しょぼくれて帰ってきた宏の傷口に塩を塗るように岩井が言う。

「岩井代理、鈴木はまだ土地勘がつかめていないのかもしれません。地域によってお客さんのタイプは違いますからね」

係長の加藤《かとう》が助け舟を出した。

「どうだろう、しばらくの間、なんでもいいから情報やお客さんへの提案をこのノートに書きだしてみたら?」

それで契約に繋がるかどうかは分からないが、今の宏にはなんの策もない。

「加藤さん、ありがとうございます。はい。やってみます」

そう言って振り向くと、また恵美子が宏を見ていた。ダメだ。まだ誘えない。


そこから一週間。宏はどんな些細なことも加藤からもらったノートに書いていった。担当地区の飲食店の流行りや人の入り、後継者を探しているという社長の悩み、肴町支店の周りでこれから行われる祭りやイベント、毎日店番をしているたばこ屋のおばあちゃんからの街の噂もすべてノートに書いた。バイクで走るよりもこの地区なら歩いて回ったほうが効率がいい。そして、その途中で呼び止められることも多くなっていった。


ノートを書き始めて二週目。情報収集は順調だったがこれといった成果は何もない。

今日も宏は午前中から足を棒にして歩き回った。腹もすいていたが、いつも支店に戻って昼食をとっている時間に外に出れば新たな発見があるかもしれないと、休憩なしで歩いていた。

いつものように歩いて得意先を回っていると、段ボール箱を台車に積んだ男性が箱から落ちた何かを拾っている。どうやら、ジャガイモのようだ。

「大丈夫ですか？」

宏もジャガイモを拾うのを手伝った。

「あれ？　静浜信用金庫の鈴木さんだよね？」

無事に拾い終わると、男性が宏を見て言った。

「あ、ご無沙汰しています。中村《なかむら》さんですよね。転勤のときにはジャガイモをたくさんありがとうございました」

前の支店のときにかわいがってくれた取引先の中村光男《なかむらみつお》だ。あのジャガイモ二箱の。

「そうか、鈴木さんは肴町支店に転勤だったんだね。こんな街中なら大出世なの？」

「いえいえ、なかなか成績が上がらなくて毎日上司から怒られていますよ。でも中村さん、なんでこんな街中でジャガイモを運んでいるんですか？」

「それがね、昔からの知り合いがこの近くでレストランをやっているんだけど、最近テイクアウトの需要が多いみたいでさ。ほら、街中って会社もたくさんあるからランチのときは並んでもらったりして結構待たせちゃうわけ。それも申し訳ないから今度は店先をちょっと改造してお弁当屋さん風にしたいんだって。そこのレストラン、ハンバーガーとポテトフライが人気があるみたいでね。まずはそのセットでテイクアウトってことになって、どうせなら、ポテトは地元のものを使おうってお試しで注文を貰ったんだよ。それで、車を近くの駐車場に停めてこれから配達なんだ。」

「へえ。中村さんのところのジャガイモは蒸しても煮ても揚げても美味しいですもんね」

「嬉しいこと言ってくれるね」

「ちょっと時間あったら紹介するから一緒においでよ。よかったら支店のみんなにも宣伝してあげて」

「あ、はい。時間はあるような、ないようなですがお供させてください」

光男が連れて行ってくれた店は肴町支店から歩いて五分ほどのところにあった。

宏のノートにもランチタイムはいつも数人が並んで待っている人気の店で、ランチだけでも二回転はしているという情報が書かれている。

今はちょうどランチのお客さんも帰って夕方のオープンまでの休憩時間のようだ。裏口に回るとキャンキャンと吠えて犬が出てきた。

「おお、コタロー。元気だな」

光男がしゃがみこんでコタローをガシガシ撫でた。コタローも気持ちよさそうにしている。

「ずいぶん懐いているんですね」

「そりゃそうだよ。コタローはうちで生まれたんだから」

「そうなんですか？　あっ、もしかして中村さんの家の柴犬の子ども？」

「そうだよ。うちのハナが生んで、ちょうどここの沢田《さわだ》ちゃんが看板犬を欲しがっていたから譲ったんだ」

　奥から小太りの男性が出てきた。この人が沢田さんか。確かに美味しそうなハンバーガーを作っていそうな、たくさん食べていそうなオジサンだ。コタローが光男の顔をペロペロ舐めている。

「みっちゃん、わざわざありがとう」

「沢田ちゃん、こちらこそ。コタロー、元気に育ってるな」

「うん。飯もたくさん食うし、元気だよ。それに人懐っこいから常連さんたちにも大人気だよ」

　コタローは自分のことを言われているのが分かるのか、嬉しそうに鳴いて飛び回っている。

「おい。コタロー、調子に乗って道路に出るんじゃないぞ」

「はい、これがうちの自慢のジャガイモね」

「みっちゃん。ありがとう。これならホクホクしたポテトフライができそうだ」

「ぜひ、試してみてよ」

「こちらさんは？」

「静浜信用金庫の鈴木さん。今はこの近くの肴町支店だけど、その前の店で世話になったんだよ。沢田ちゃんの店は肴町支店に近いから、支店のみんなにテイクアウトの宣伝してもらおうかなって思って連れてきたんだ」

「どうも、初めまして。静浜信用金庫の鈴木といいます」

「静浜信金さんか。昔はよく仕事の帰りに食べに寄ってくれたり、歓迎会とか送別会で来てくれていたんだけど最近はあんまりだよね」

沢田の妻の陽子《ようこ》が出てきた。

「あなた、そんな嫌みみたいなこと言わないの。ごめんなさいね」

「いえいえ、そうだったんですね。僕も肴町支店に配属になってまだ日が浅くて知りませんでした。」

「そんなことより、あなた、信金さんなら改装資金の相談をした方がいいんじゃない？」

「改装資金のご融資ですか？　ぜひお役に立たせていただきたいです」

「実は店頭をテイクアウト用に改装したくて、その資金をどうしようか悩んでいるのよ」

「おいおい、陽子、ちょっと待てよ。まだどこの銀行さんで借りるかは決めていないんだから」

「沢田ちゃん、鈴木さんは親身になって相談にのってくれるから俺も推薦するよ」

光男も応援してくれる。

「まあ、考えておくよ。名刺、もらっておこうかな」

「はい。もちろんです。よろしくお願いいたします」

宏は深々と頭を下げて名刺を渡した。


その後、光男と別れて、ほかの得意先を回った。いい情報は得られたが、融資の契約に繋がるかどうかは分からない。しばらく歩いていると、「おばんざい屋　くるくる」の育子が商店街で何かを探している。

「育子さん、どうしたんですか？」

「あら、いつも来てくれる鈴木さん。茶色い子犬見なかった？」

「犬ですか？　どんな犬でしょうか？」

「たしか柴犬だって言ってたと思ったけどね。レストラン沢田の看板犬がいなくなっちゃったらしいの。肴町飲食店組合の連絡網で回ってきてね、みんなで探しているのよ」

「え？　その犬なら先ほどそのレストランで見ましたけど？」

「それって何時ごろ？」

「今日の二時ごろですけど」

「そのすぐあとから姿が見えないんだって」

「それは大変だ。まだ子犬ですし」

「そうなのよ。まだ生まれて半年ぐらいで、沢田さんご夫婦がとてもかわいがっていたからね」

宏は沢田のレストランに戻った。

「コタロー、コタロー、おーい、コタロー」

沢田が大きな声で呼んで探している。

「沢田さん、大丈夫ですか？」

「あ、静浜信金の鈴木さんだったね。コタローがいなくなっちゃったんだよ」

「先ほど、『くるくる』の育子さんに聞きました。僕も心配で来ちゃいました」

「いつもは繋いでおかなくても家の敷地から出ないのに、今日に限ってどうしちゃったのかな」

「うちの支店のほかの営業にも連絡してみますよ。この辺りを回っているはずですから」

「あ、鈴木さん。心配して来てくれたの？　コタローが事故にでもあっていたらどうしよう」

陽子もいても立ってもいられないようだ。

「首輪は何色ですか？」

「赤の首輪なの。コタローって呼べば振り向くはずだから、鈴木さん、みんなに聞いてみてくれるかしら」

「分かりました。すぐに連絡します」

宏は携帯電話で肴町支店に連絡し、ほかの営業係にも伝えてもらうようにした。

翌朝一番でレストラン沢田に行くとコタローはまだ見つかっていないらしい。夫婦で外に出て探していた。

「沢田さん、おはようございます。まだ見つからないんですか？」

「そうなんだよ。鈴木さん、俺も陽子も昨日は心配で眠れなくてさ」

「うちの支店の営業係も気をつけていたそうですが、この辺りでは見かけなかったそうです」

「全くどこに行っちまったんだか」

途方に暮れていると育子がやって来た。

「沢田さん、どう？　見つかった？」

「それがまだなんだ」

「心配でたまらないわね」

「これじゃあ、仕事にならないな。昨日のみっちゃんのジャガイモを使ったポテトフライを作る時間がないよ」

「えっ？　どういうことなの？」

「それがね、昨日みっちゃんていう俺の友達の農家にジャガイモを配達してもらって、一緒にコタローと遊んでさ。コタローはみっちゃんの家で生まれてうちに来たから懐いているんだ。そのあとコタローの姿が見えなくなったんだ」

「沢田さん、みっちゃんという人には、このこと伝えたの？」

　育子が聞いた。

「みっちゃんかい？　そうだよな。」

　そう言って沢田が光男に電話をかけた。

「あ、みっちゃん、おはよう。昨日はありがとう。ところで、困ったことになっちゃってさ。コタローが昨日あれからいなくなっちまったんだ。みっちゃんからもらった大事な子だから報告しないといけないと思って。本当に申し訳ない」

そう言って沢田は頭を下げ電話を切った。

「鈴木さん、仕事に差し障るからもう行っていいよ。もしコタローを見つけたら連絡をもらえるかい?」

その途端に沢田の携帯が鳴った。

「みっちゃん、どうした? えっ? 本当かい? おい。陽子、陽子」

それまで緊張していた沢田の顔が一気に緩んだ。

「陽子、コタローのやつ、みっちゃんの家にいたぞ」

「あなた、本当に?」

「コタロー、みっちゃんの家の犬小屋にハナと一緒にいたって」

「それって、中村さんからお母さんの臭いがして、母親が恋しくなったってことですか?」

「まだ、あいつも子どもだからな。それにしても結構な距離があったと思うけど、よく母親のところまで無事に行きついたな」

「それで、コタローに怪我はないの?」

「ああ、大丈夫だって。しばらく母親と一緒に遊ばせて、今日の午後にでも連れてきてくれるそうだ」

「良かった、良かった。お母さんに会いたくなったんだね」

育子が言った。

「沢田さん、本当に良かったですね。それでは僕は仕事に戻ります」

「あ、鈴木さん、今日のランチの後の休憩時間に、みっちゃんのジャガイモでポテトを揚げるからあとでもらってよ。支店の皆さんにも心配してもらっちゃったし、そのお礼ってことで」

「いいんですか？　それでは、夕方ごろになりますが寄らせてもらいますね」

そう言って宏は仕事に戻った。


午後四時ごろ、その日の最後の集金先を終えると、宏は沢田の店に行った。

キャンキャンとコタローの鳴き声が聞こえる。戻ってきたのだ。

「こんにちは。静浜信金の鈴木です」

宏が中に入ると、コタローを連れてきた光男もいた。

「コタロー君、無事でよかったですね」

「鈴木さんも心配してくれてありがとう」

沢田がコタローを抱いてお礼を言った。

「うちのハナはたいていは家の中で遊んでいて、寝るときだけ畑の近くの小屋で寝るんだ。

だから俺も気が付かなくてさ」

「鈴木さん、改装費用のことだけど、相談してもいいかな」

照れくさそうに沢田が言った。

「ぜひ相談にのってあげてよ」

光男も言う。

「はい。もちろんです」

「来週には改装費用の見積書が届くから一緒に見てくれる？　私たち料理以外のことは疎くて」

陽子もすがるような目で見てくる。

「はい。では来週、見積書が来たら改めて伺いますね」

沢田が山盛りポテトフライをパックにつめてくれた。

「こんなにたくさんすいません。ありがとうございます」

早速支店に戻ってポテトフライとともに岩井に報告した。

「そうかそうか、あのレストランは売り上げもいいし、長い付き合いもあるし、融資もすんなり通りそうだな」

ポテトを頬張りながら岩井が言った。

「よかったね。鈴木君。案件をまとめるのに分からないことがあったらなんでも聞いてよ」

加藤も来て、ポテトをつまみ始めた。

「それにしても、このポテトやたらと美味いな。おーい、みんな食うか？」

岩井が支店の女性たちのところに持っていった。

閉店時間を過ぎて、その日の集計も終わり、あとは定時を待つばかり。

恵美子と目が合った。

お互いニコリと笑った。ついでに宏の腹もキュルンと鳴った。


一時間後、腹が減って腹が減って倒れそうになりながら裏口から帰ろうとしていた。この日も朝ごはんは、缶コーヒーだけ。それに最近外食する気分でもなくてコンビニ弁当やカップ麺の夕食が続いていた。それが仕事に明るい兆しが見えてようやく宏の胃腸も順調に、いや、急激に動き出したようだ。

今日は一目散に「おばんざい屋　くるくる」に行こう。そう思って支店を出ると、恵美子がいた。血糖値が下がりすぎて幻を見ているのかな。

「あっ、お疲れさま。今から帰るの？」

「うん。鈴木さんも？」

「今日、昼飯食いそびれちゃってさ。金曜日だし、飯、どう？」

腹が空きすぎてなのか自然と誘えた。

「うん。行く。行こう。」

「どこに行こうか？　最初に行ったスペイン料理？　それとも、和食？　イタリアン？」

本当は通い慣れた店で思いっきり食べたいところだが、久しぶりのデートだ。一応聞いておかないと。でも、コース料理とか言われたら腹の虫が待ってくれそうもないな。

「鈴木さんのよく行くお店ってあるの？」

恵美子が尋ねた。

「まあ、あるにはあるけど、そんなにおしゃれなお店じゃないし、居酒屋みたいな食堂みたいな感じだよ」

「そこがいいな」

「え？　いいの？」

「高級でおしゃれなお店も素敵だけど、お値段も高いからしょっちゅう行けないでしょ」

「まあ、俺がよく行く店は一人三千円もあればしこたま飲んで腹いっぱいになる店だけど」

「でもそこなら毎週でも行けるよ」

「俺はもっと行ってるけど」

「じゃあ、私もこれから一緒に行く」

えっ？　今、俺告られた？　人生初だ！


「いらっしゃ～い。今日はコタローちゃん見つかってよかったよね。お疲れ様。あれ？　お連れさんと？」

「育子さんもお疲れ様でした。テーブルのほうでいい？」

カウンターにはいつものおじいさん。幸三さんとか言ってたな。だいぶ気温も上がってきたが、今日も芋焼酎のお湯割りを飲んでいる。テーブルは若手のサラリーマンのグループが二組。

宏は空腹で倒れ込みそうになりながら座った。

「どうぞどうぞ。いつも一人なのに珍しいね」

「うん。後輩。伊藤恵美子さん」

「きれいなお嬢さんだね。たくさん食べてって。お飲み物は？」

「生ビールください」

「あっ、俺も生ね。それとね、育子さん、今日昼飯抜きで腹が減ってどうかなりそうなんだよ。何かすぐにできるものをお願い」

「女性のお客さんと来たのに色気のない注文だね」

初めての店だが恵美子も楽しそうに笑っている。

「はい。お絞りと生二つね」

二人で中ジョッキを持ち上げて乾杯する。すきっ腹にいきなりビールは酔いそうだけどグビグビと一気に半分ほど飲んだ。あれ？　この間は苦かったけど、今日は違う。ビールだから甘くはないけど、爽やかな喉ごしだ。恵美子もいける口らしい。

「お通しはタコときゅうりの酢の物ね。それとお腹が空いてるそうだから、はい、これ」

育子さんが大きめの深い皿を置いていった。

「あっ、肉じゃが」

恵美子が嬉しそうに声を上げた。

「昼間からしっかり煮込んだから、ジャガイモに味がしみているはずよ」

「私、ジャガイモ大好きなんです」

「あら、よかった。たくさん作ったからお代わりしてね」

「育子さん、これって地元のジャガイモですか？」

「そうよ。なるべく新鮮なものを使いたいからね」

「もしかしたら中村さんのジャガイモかな？」

「え？　誰それ？」

育子が不思議そうに言う。

「コタロー君のお母さんがいる農家さんですよ」

「近所の直売所で買ったものだから、もしかしたらそうかもね」

「さあ、恵美ちゃん、食べよう」

「はーい、取り分けるね」

ゴロッとしたジャガイモに、肉は豚肉。トロトロの玉ねぎに色鮮やかなニンジン、そして絹さやがのっている。恵美子が二つの小皿に肉じゃがを取り分けた。もう我慢の限界だ。まずはなんといっても主役のジャガイモ。ギリギリ形を保っているが、口の中に入れると優しくほぐれていく。甘辛い醤油だしの味つけがしっかりしみて、豚肉の脂が優しく料理をまとめている。

「恵美ちゃん。俺、白いご飯も頼んでいい？」

「うん。私もご飯欲しくなっちゃった」

「育子さん、ご飯、二つください」

「はーい。それじゃあ今日もお味噌汁はサービスしてあげるね。あとは、何を食べる？

魚ならサバの塩焼きとか、お肉なら唐揚げでも生姜焼きでもなんでも言って」

「恵美ちゃんは何がいい？」

「サバの塩焼きが食べたい。あとはサラダかな」

「あっ、それならこの間のキノコのサラダ、あれがいいよ。育子さん、お願いね」

「はーい。ご飯とお味噌汁、それにサバ塩焼きとキノコのホットサラダね。今日はベジファーストにはならないけど、そんなのどうでもよくなっちゃうね」

「育子さん、こっちもサバ焼いて」

カウンターの幸三も注文した。二人は微笑んで、その後は酒もそこそこにして注文した品すべてを残さず食べた。しかも宏はご飯のお代わりもして。

「今日は二人でありがとう。恵美子さんだっけ、また寄ってね。うちのこれからの目標は女性のお客さんを増やすことなの。そうすれば自然と男性のお客さんも来るでしょ」

育子は商売上手のようだ。

「それじゃあ、ごちそうさま。また来るね」

「ごちそうさまでした」

店を出て、駅までの道を並んで歩いた。

「鈴木さん、ごちそうさまでした」

「美味しかったね」

「うん。とっても」

「来週もまた行こう」

宏の右手に恵美子の左手が触れて、そしてその手が重なった。しばらく無言で歩く。

今日は酔った勢いじゃなくて、ちゃんとキスしよう。

今度「くるくる」に二人で行くときは、鈴木さんじゃなくて、宏さんとか、宏って呼んでくれないかな。そう思って宏は恵美子を抱きしめた。

キャバ嬢の麻美《あさみ》

「いいか。寄せろよ。上げろ。ギリギリまで谷間を見せるんだ」

店長の太田《おおた》に言われて坂田麻美《さかたあさみ》はピンクのドレスの胸元から手を入れて自分の胸を押し上げた。ドレスのバスト部分には寄せて上げられるように肉厚なパッドが仕込まれている。そのパッドの上に自分のおっぱいをのせれば、あらわになったデコルテからは、見事にせりあがったプルンプルンのバストが覗く。

「その谷間に男は夢を抱くんだよ。その先を見てみたいって思って指名して通って高い料金を払ってくれるんだよ」

あんたなんか、私たちが着替えているところにしょっちゅう出入りしてじろじろ見ているくせに。麻美はため息をついてタバコに火をつけた。

四年前、なんとか高校を卒業して、その後のバイトも長続きせず、ある日ふらふらと夜の街を歩いていたらスカウトされた。君ならナンバーワンになれるよとまだボーイだった太田に口説かれてこの店に連れてこられた。

赤いソファーに麻美と同じぐらいの年齢の女の子が五人。華やかで露出の多いドレスを着て客が来るのを待っていた。

店の名前は「ルージュ」

「君もあんな風にきれいなドレス着たいだろ。ぜったい似合うよ。よかったら今日からお店に出てみる？」

あれから今日まで、ナンバーワンにもならなければ、指名がなくて暇をもてあますこともなく出勤している。

「麻美ちゃん、指名入ったよ」

ぼーっとしていたら太田に呼ばれた。

あと一時間で閉店だから、このお客で今日は上がれるのかな。

二週間に一度は来てくれる河合正明《かわいまさあき》だ。前は会社の仲間数人と飲み会の後に来ていたが、最近は一人で来る。麻美を独り占めしたいらしい。

「河合さん。ありがとうございます」

向き合って水割りを作ろうと前かがみになると、ドレスからこぼれるように胸があらわになる。正明も前のめりになってそれを見る。

「はい。どうぞ」

水割りを置くと正明は慌てて身体を起こした。

ばーか、見てるのバレバレなんだよ。

最近正明が閉店近くに来るのは、そのあと麻美をどこかに連れ出したいからだ。この前来たときも寿司屋に誘われた。行かなかったけど。

「麻美ちゃんもどんどん飲もうよ。今日はもうこの後お客さん入らないでしょ」

今日はどうやら酔わせる作戦らしい。

「ねえねえ、向かいもいいけど、僕の横に並んで座ってよ。その方が話しやすいし」

「はい。じゃあ、失礼します」

正明の横に座った。

「前に一緒に来ていた会社の若い奴らいるだろう。あいつら全然仕事ができなくてさ。そのツケが上司の俺に全部回ってくるんだよ」

「そうなんですか～」

「そうだよ。今日だって俺は全然悪くないのに、そいつらのミスで取引先に謝りに行ってきたんだよ。麻美ちゃん、慰めてよ」

「はーい。よしよし」

頭を撫でてあげようかと思ったけど、ベタベタしていて気持ち悪そうだからやめた。

正明は調子に乗ってどんどん肩を寄せて喋ってくる。声が大きくなり、麻美のむき出しの腕に正明の唾が飛んできた。

汚い。どうしてオジサンになると、喋るときに大量の唾が飛ぶんだろう。一刻も早く洗いたい。このテーブルの上にあるウイスキーをお絞りに含ませてアルコール消毒したいぐらいだ。

「麻美ちゃん。お疲れ。あれ？　河合さんにアフター誘われてなかった？」

一つ年上の百合《ゆり》が聞いてきた。

「誘われましたけど、もう勘弁してって感じ。これ以上一緒にいたら蕁麻疹出ちゃうかも」

「じゃあラーメンでも行く？」

「うーん、ごめんなさい」

「そうだよね。彼氏待ってるもんね」

正明の唾がついた腕はアルコールティッシュで何度も拭いて、ドレスから私服のノースリーブのワンピースに着替えて店を出た。ここ数ヶ月家には帰っていない。

母親は麻美が中学のときに好きな男ができたと家を出て行った。思春期の娘になんてことを言ってくれるんだと思ったけど、もともと大人には期待なんかしていなかったし、父親を見ればなるほどねって感じだ。リストラギリギリのサラリーマンだし、休みの日は昼間からお酒を飲んで、競艇に行くか、パチンコに行くかの二択。麻美が帰らなくても心配する人は誰もいない。

でも卓也《たくや》は違う。一年前から付き合い始めた卓也は麻美より五つ年上だ。お店の先輩に連れて行ってもらったホストクラブで知り合った。ホストなんかに騙されちゃダメとみんなに言われたけど、会った瞬間から恋に落ちた。私は合鍵をもらっているんだから特別。

今日は私のほうが早いだろうから、何か作って待っていようかな。雑炊とか、うどんとか。あっ、でも材料がないからコンビニで買っていこう。

うどんと和風だしの素、ネギと卵を買って卓也のアパートに行った。

あれ？　鍵が入らない。

いつもはすんなりと入る鍵穴に今日は鍵が通っていかない。

錆びてるのかな？

もう一度入れてみた。

入らない。壊れてたら卓也も家に入れないし、連絡してあげなくちゃ。

麻美は携帯電話を取り出して卓也にかけてみた。呼び出し音が鳴るだけで、卓也は出てくれない。仕方がないのでその日は家に帰ることにした。

ようやくタクシーを拾って家に帰ると、久しぶりの実家はなんとなく埃っぽくて、冷蔵庫に食材をしまおうと開けたら消費期限の過ぎた牛乳とビールしか入っていなかった。

一時間待ったが卓也から連絡はない。とりあえず今日は寝て、明日の朝、卓也の部屋に行こう。麻美は化粧を落とした。

朝七時にガタゴトと物音で目が覚めた。

「麻美か」

父親が会社に行くところらしい。

「うん。ちょっと帰ってきたけど、また友達のところに行くから気にしないで」

次に目が覚めると八時を回っていた。慌てて携帯を見たけど卓也からの着信はない。

昨日も飲みすぎたのかな。電話してみよう。いや、家に行こう。

化粧もそこそこにTシャツとジーンズに着替えて麻美は家を飛び出した。卓也の家は麻美の家から電車で三つ目の駅の距離だ。駅に着くと、ちょうど電車が行ってしまったばかりだ。次の電車を待つのももどかしくて、麻美はタクシーを捕まえた。

「すいません。静浜駅の近くのリバーサイドっていうアパートなんですけど」

十分ほどで着いた。ピンポンを押しても何の反応もない。電話をかけてもつながらない。

鍵もささらない。なんで？

とりあえず近くで待ってみることにした。コーヒーを飲めるお店とかないかな。

繁華街に近いこの通りはランチどきにならないと店はオープンしないようだ。

「おばちゃん。ごちそうさん」

「はーい。ありがとね。いってらっしゃい」

一本奥の通りに入ると店の扉が開いてお客が出てきた。

和食屋？　食堂？　朝ごはんかな？　看板には「おばんざい屋　くるくる」とある。お客を送り出しに女の人が出てきた。四十代か五十代ぐらいかな。麻美と目が合った。ニコリと笑ってその女の人が言った。

「おはよう。朝ごはん食べていく？」

周りを見まわしたが、みんな足早に通り過ぎて行く人ばかり。どうやら麻美に問いかけたらしい。

「あたし？」

「そう。お嬢ちゃん。お腹空いてない？」

そう言われれば、昨日の夕方、ルージュに行く前に、駅前のコンビニでカップ麺を買って店で化粧をしながら食べたのが最後の食事だ。正明に付き合って水割りを飲んで、ナッツとチョコレートをつまんだけど、そんなの腹の足しにはならない。しかもそこから卓也の家に行ったり、久しぶりに自宅に帰って寝たりで何時間も経っている。

「朝ごはんですか？」

「まあ、いいから入りなよ。ご飯もパンも選べるし、食欲なければお茶だけでも飲んでいけば？」

行くあてもないし、この辺で時間もつぶしたいし、とりあえず入ることにした。

扉を開けると、四人掛けのテーブルが五卓、それにカウンター席が六席。カウンターにはサラリーマンが一人座って黙々と定食を食べている。鯵の干物にレタス、キュウリ、トマトのサラダ、大根と油揚げの味噌汁に白いご飯、それに、なすの浅漬け。

「育子さん、ご飯のお代わりと生卵一つちょうだい」

朝から食欲旺盛な人もいるもんだ。

「はーい。すぐ持ってくね。あなたは、ここに座ってちょっと待っててね」

奥のテーブル席の椅子を引いてくれた。

となりのテーブルは先ほど出ていったサラリーマンが食べたお皿がおいてある。空の皿から想像するに、こちらはパンとハムエッグの洋食だったようだ。コーヒーカップもある。

ここ、なに屋さん？

「はい。ご飯のお代わり、ちょっと多めにしたからね。それと生卵とお醤油ね。味付け海苔も食べる？　サービスね」

女の人が麻美にお茶を持ってきた。

「はい。まずはこれ飲んで。それから朝は和定食と洋定食があるんだけど、どうする？」

「洋定食って？」

「ハムエッグとトーストとサラダ。それにコーヒーで四百五十円。ハムの代わりにソーセージでもできるよ」

「じゃあ、洋で」

「ちょっと待っててね」

女の人が厨房に行った。カウンターのサラリーマンはお代わりのご飯を卵かけご飯にして、それを味付け海苔でくるんで食べている。その食べ方、美味しそう。今度やってみよう。

しばらくして女の人がお盆にのせて洋定食を持ってきた。

「はい。ハムエッグはソース？　醤油？　両方置いておくね」

トーストは厚切り一枚を半分に切ってバターがのっている。早く塗らないとトーストの熱で溶けそうだ。その横の皿には目玉焼きとハムが二枚。横にレタス、キュウリ、トマトのサラダが添えられている。

「すぐにコーヒー持っていくから」

厨房の奥から声が聞こえた。

溶けないうちにまんべんなくトーストにバターを塗って、まずは目玉焼きをフォークでつついてみた。トロンと半熟の黄身が流れて出た。美味しそう。それがスタートの合図みたいに、がぜん食欲が湧いてきた。

「いただきます」

ソースも醤油もかけずに黄身と白身の部分を箸でちぎって一口食べた。軽く塩コショウされているようだ。追いかけるようにバターを塗ったトーストを一口。ほどよいバターの塩気がまた食欲をそそる。サラダを食べてみた。さっぱりした柑橘系のドレッシングが空腹の胃腸を刺激した。

ちゃんとした朝ごはんなんて何年ぶりだろう？　この仕事をしてからはたいてい昼まで寝ているし、卓也とも、昼ごろに起きて時間があれば近くのカフェにランチに行くこともあったが、だいたいは家で買いおきの冷凍パスタをレンジでチンして食べたり、菓子パンをかじったりだった。

「そうだ、お味噌汁飲む？　パンにお味噌汁もなかなか合うのよ。今日はたくさん作っちゃったからサービスするけど」

味噌汁なんて中学のとき、母親が作ったものを食べて以来飲んでいない気がする。カップスープなら卓也の部屋にもあるからよく飲んでいるけど。

「いただきます」

大根と油揚げの味噌汁が置かれた。お椀を持ち上げて、一口飲んでみた。

あったかい。なんか涙でてきた。

女の人は何も言わずに洗い物をし始めた。


「ごちそうさまでした」

五百円玉を出すと女の人が五十円のお釣りをくれた。

「またおいでね。うちは朝も昼もやってるし、夜はお酒も飲めるし、ご飯だけ食べていく人もいるし、気軽に来てくれていいからね」

「はい」

店を出て、卓也のアパートに行く途中何度も電話をかけてみたが、まだつながらない。

アパートについて、ピンポンを押しても反応がないし、相変わらず鍵もささらない。ほかの部屋の住人が不信そうに麻美を見る。先ほど食べた朝ごはんで満腹なのと、昨日はあまり眠れなかったせいで瞼が重たくなってきた。今夜も出勤だし、指名も入っているし。

麻美は自宅に帰ってもう少し眠ることにした。

次の日も、その次の日も卓也からは何の連絡もなかった。

今日あたりお店が終わったら卓也のいるホストクラブに行ってみようかな。早く終わるといいんだけど。そんな日に限ってまた正明が来た。

「麻美ちゃん、今日のドレスも似合うね」

そう言って上から下へ舐めるように視線を動かす。

今日は水色の身体の線がしっかり出るドレス。両サイドには太ももギリギリまでスリットが入っている。向かいに座って水割りを作ると胸元に正明の生温かい鼻息がかかった。

「今日はね、先月オープンしたラウンジのママからどうしても来てって言われたんだけど、それを断ってここに来たんだよ」

「あら、そうなの？」

適当にあしらおうとしたら、店長の太田が来た。

「河合様、いつもご贔屓にありがとうございます」

そう言って麻美を軽く睨む。

「ほら、麻美ちゃん。河合様の横に座って、ちゃんとお相手して」

しぶしぶ正明の横に座る。今日も唾が腕に降りかかるんだろうな。最悪。

「ねえねえ、麻美ちゃん。来週の火曜日、お誕生日だよね」

そうだ、卓也と会えなくてすっかり忘れていた。七月十日は麻美の二十二歳の誕生日だ。キャバ嬢にとって誕生日はプライベートなものではない。一年で一番稼げる日だし、自分の人気をはかる日でもある。女の子によっては、日曜日だと店が休みなので、日にちを変える子までいる。店側も売り上げが増す日なので、女の子の誕生日は店のスタッフ全員が把握している。

「麻美ちゃんのお誕生日の日、ちょうど部下数人と飲み会があるんだ」

「そうなんですね。じゃあ、ここには来られないですね。でも、麻美、河合さんからお花のプレゼントは欲しいな」

女の子の誕生日には入口にフラワースタンドがズラリと並ぶ。その数が多いか少ないかで店の女の子の序列が決まる。麻美だって一つでも多くの花が欲しい。

「お花なんて当たり前だよ。大きいのを注文してあるからね。もちろん、お店にも来るよ。二次会でその部下とお祝いに来ようかなって」

「河合様、ありがとうございます。何名様ぐらいでしょうか？」

揉み手をしながら太田が来る。

「そうだな、九時頃から三人か四人で来るよ」

「ありがとうございます。それでは一番奥のソファーのお席をお取りしておきます。シャンパンもいろいろ取り揃えてお待ちしていますので」

そう言って太田が予約表を書きに行った。

「麻美ちゃん、嬉しい？」

「うん。嬉しい」

「じゃあさ、今日お店終わったら、僕と一緒にどこか行こうよ」

「えー？　今日はちょっと疲れてるし」

聞きつけて太田が急いでやってきた。

「麻美ちゃん。今日はもうあがっていいから、河合さんにどこか連れて行ってもらいなさい」

誕生日の売り上げがかかっているから太田も必死だ。

「どこかってどこ？」

「そうだな〜。お腹空いてる？」

食事に行くのが一番無難かも。

「うん。空いてる。お寿司食べたい」

「いいよいいよ。遅くまでやっているお寿司屋さん知っているから、席が空いているかきいてみるね」

携帯電話を持って正明が予約をしに行った。

「麻美ちゃん、今から大丈夫だって。そこのお寿司屋さん、わざわざ東京から食べにくる人がいるぐらい美味しくて有名なお店なんだよ。なかなか予約も取れないんだけど、僕は特別っていうか、まあ、接待でよく使ってあげているからね」

「河合様、それでは来週の火曜日の九時からお待ちしておりますので。さあ、麻美ちゃんも早くドレスを着替えてきて」

たまにアフターに付き合うこともあるので、いつも出勤のときはかわいらしい恰好で来るようにしている。今日も真っ白のノースリーブのミニワンピだ。

「お待たせしました」

裏口から出て、表側の入口に行くと正明が待っていた。

「麻美ちゃんはお店のドレスもよく似合うけど、こういうシンプルなワンピースもいいね。おっ、生足。きれいだね。さあ、タクシー乗ろう」

タクシーに座ってあらわになった麻美の太ももに正明は自分の足をすりつけてくる。その太ももに正明の唾がかかってくる。早く着かないかな。速攻で食べてその後で卓也の店に行かなくちゃ。

そんな心配もいらないぐらいすぐに一軒の店の前にタクシーが停まった。

早い時間は予約の客でいっぱいのようだが、この時間はアフターの客が多いようだ。麻美と同じような若い女の子だったり、クラブやラウンジのママと来ている男性の組み合わせが目立っている。

「さあ、麻美ちゃんは何が好きなのかな？　あ、その前に飲み物を注文しないとね。冷酒とかいっちゃう？」

この後卓也の店に行くと思うとあまり酔いたくない。

「お茶でいいです」

「そんなのダメダメ。いいよ、誕生日の前祝いにシャンパン飲もう」

お寿司の前に適当に刺身を盛り合わせてもらって食べた。

「麻美ちゃん、お寿司食べたらどこに行く？」

「えっ、帰りますよ。だってもう遅いし」

「えー、そうなの？　そんなのつまんないよ。もっと楽しいことしようよ」

「いえいえ、もう帰らないと」

「そんなこと言うと、来週の火曜日、ほかのお店に予約変更しちゃおうかな」

最悪の客だ。

「じゃあ、じゃあ、麻美、カクテル飲みに行きたい」

「いいよ。麻美ちゃんとならどこでも行っちゃう」

とりあえず麻美が帰らなければ正明はご機嫌のようだ。

そこからバーを二軒はしごして、さすがに正明も疲れたらしい。二軒目のバーではウイスキーのロックを注文して、一口も飲まずにカウンターで寝てしまった。

「帰っちゃったら？　うまいこと言っといてあげるよ」

こんな光景は見慣れているのか、バーテンダーが麻美に言った。

「じゃあ、お言葉に甘えて」

正明がウームとうなって頭を動かした。起きないうちにと麻美は急いでバーを出た。

もう午前四時になっていた。いくら繁華街とはいえ、歩いている人の数もぐんと減っている。卓也、まだお店にいるかな？　そう思って携帯電話を取り出すと、ブルブルと携帯が震えた。マナーモードにしたままだった。

卓也からの着信だ。

「もしもし、卓也？　どうしたの？　心配したんだよ。今どこにいるの？」

卓也の声が聞こえてこない。

「もしもし、卓也？　もしもし、もしもし」

しばらくして女の人の声が聞こえてきた。

「麻美さんですか？」

「はい。そうですけど。あなた、誰？」

「私、卓也さんと付き合っているんです」

「付き合ってるって、私だって付き合ってるし。卓也の家の鍵だって持ってるし。ねえ、ちょっと卓也に代わって。私は卓也と話したいの」

電話の向こうで何か二人で話している声が聞こえる。

しばらくして卓也の声が聞こえた。

「ごめん。麻美」

「卓也、どういうことなの？　二股かけてたの？　ひどい。でも、もういいから麻美のところに戻ってきて」

「ごめん。それはできない」

「なんで」

「彼女に子どもができたんだ」

えっ？　マジで？　子ども？　赤ちゃんができたってこと？

「麻美の荷物はお前の家に送らせてもらった。鍵も変えた。本当にごめん。でも、もう決めたことだから」

ひどい！　卓也のバカ！　猛烈に腹が立って、麻美は電話を切った。あんなに心配したのに、私がバカみたい。

あてもなく歩きながら涙が止まらなくなった。ハイヒールで歩いていたから、踵にマメができて、それがはぜた。歩くたびにその部分が擦れて痛い。でも心はもっと痛い。気が付いたら明るくなっていた。

「あら？　この間のお嬢ちゃん」

声を掛けられて顔を上げると、「おばんざい屋　くるくる」の店の前だった。たしか、洋定食を食べて、お味噌汁をサービスしてくれた店だ。そのときの味噌汁の味を思い出したらまた涙が出た。

「今日も食べていく？」

「もうお店やっているんですか？」

「そう。うちは朝七時からやってるからね。今ちょうど暖簾を出したところだよ」

そう言って入口の周りをほうきで掃いている。

「まあいいから、入ってて。すぐに掃いちゃうから」

麻美は店に入って、カウンターに座った。

夜も営業しているって言ってたけど、あの女の人、いつ寝てるんだろう。テーブルも床もきれいに磨かれている。

「今日はどっちにする？　和定食？　それとも洋？　和定食はご飯、味噌汁、漬物とサラダ。それに日替わりの焼き魚がついて五百円。今日の焼き魚は塩鮭だよ」

「和で」

「はい。まずはお茶どうぞ」

温かいほうじ茶だ。一口飲むと、歩き疲れた麻美の身体に優しく入っていく。

「お待たせしました」

女の人が湯気のたつ味噌汁をのせたお盆を運んできた。

味噌汁の具はナスと短い素麺。その横の皿にある塩鮭は皮がパリっと焼けている。それにサラダ、キュウリの浅漬けに白いご飯。

「いただきます」

箸をとってまず味噌汁を飲んだ。温かくて優しい味がする。味噌汁の中の素麺をすすった。なんだか懐かしい味だ。子どもの頃に味噌汁はあまり好きではなかったが、素麺が入った味噌汁は食べやすくて好きだった記憶がよみがえる。また涙がツーと頬を伝った。焼鮭を一口食べてみた。少し強めの塩気がご飯を進ませる。こんなに悲しいのに、なんでこんなに美味しいの？

「どう？　ご飯のお代わりする？　半分ぐらいよそおうか？」

「じゃあ。ください」

お代わりをもらって残さず食べた。

「お茶。もう少し飲むでしょ。はい。どうぞ。まだほかのお客さんも来ないから私もお茶飲もうかね」

女の人が急須を持ってきて、麻美の横のカウンター席に座った。

「あー、どっこいしょ」

「ふふふ」

自然と笑みが出た。

「あの、美味しかったです」

「そう。よかった」

「不思議なんです。私、ものすごくつらいことがあって、ご飯なんて食べてる場合じゃないのに。でもここのご飯、美味しくて食べちゃった」

「ハレの日とケの日って知ってる？」

「ハレ？　ケ？」

「そう。ハレの日は特別な日。結婚式とかお正月とかのことなんだけど、肉も魚もお酒もご馳走が並ぶのね。ケの日はいつもの日常。毎日の繰り返しだから食事も質素にって」

「ふーん」

「うちの店は、とくに朝定食はケの日、日常の朝ごはん。日常は楽しい日も悲しい日もいろんな日があるけど、どんなときでも美味しく食べてもらいたいでしょ。だからかな」

「そうなんですね。でも、私にとっては、こんなちゃんとした朝ごはん久しぶりです」

「あはは。若い人はそうかもね。でもあなたのお父さんやお母さん、ううん、おじいちゃんやおばあちゃんもこんな風に朝ごはんを食べてきたんじゃない。そのＤＮＡがちゃんとあなたの中にも流れているってことなのよ」

「お父さんやお母さんみたいにはなりたくない」

「大丈夫。お父さんやお母さんだけでなくて、今のあなたがいるのは大勢のご先祖様が見守ってくれている証しなのよ」

「ふーん」

「私もいろんなことあったけど、なんとかお店やっているしね」

「お店、一人で始めたんですか?」

「ここは私の祖母が始めた店なのよ。うちは小学校のころに両親が離婚してね、私が五年生の時だったかな。それで、母親の実家に世話になることになってね、当時一人で切り盛りしていた祖母の定食屋を母が手伝って私を育ててくれたの」

「今、お母さんは？」

「もう亡くなって十年は経つかな。ところで、もしよかったらうちで働かない？」

「え？　ここで？」

「そう。表の張り紙見た？　私一人でやっているんだけど、ときどきお客さんが重なると待たせちゃったりして、お料理を運んでくれるだけでも誰かいてくれると助かるのよね」

麻美は店の外にスタッフ急募という張り紙を見に行った。

時給九百円～、経験不問、勤務時間問わず、週に一回からでも住み込みも可。

どうやら猫の手も借りたいらしい。住み込みもいいんだ。

「あの、住まわせてもらえるんですか？」

「こんなボロ屋だけど、二階が結構広いのよ。昔は宴会で使ってもらっていた部屋があってね。間借りみたいな感じで私と同居になるんだけど、それでよければ」

「おばさん、ここに住んでいるんですか？　一人で？」

「そうよ。結婚もしそびれちゃった。ここに住んでいるから朝も昼も夜も営業できるの。お客さんはみんなボーイフレンドと思えば寂しくないしね。まあ、日曜ぐらいは休ませてもらうけどね」

「私、彼氏と別れちゃって、家にも帰りたくなくて」

「うん。なんとなくそうかなって思って声をかけたんだ。とりあえず、今から夕方まで二階で休んで夜の営業のときに手伝ってみる？　どうするかはそれから決めてくれればいいよ」

「はい」

「私は育子。みんな育子さんって呼んでくれるからそれでいいよ。あなたは？」

「私は坂田麻美です」

「じゃあ、麻美ちゃんでいいね。二階に上がるとお風呂場があるから自由に使って休んでて。あっ、お客さんだ」

「あの、朝ごはんの五百円払います」

「あはは、まかないだよ」

「ありがとうございます」

麻美は奥の階段から二階に上がった。

「おはようございます。いらっしゃいませ。和定食？　それとも洋？」

下から育子の声が聞こえてきた。

庭師の幸三《こうぞう》

「育子さん、お湯割りね」

夕方五時を回ると判で押したように武田幸三《たけだこうぞう》は「おばんざい屋　くるくる」にやってくる。

「幸三さんは五時の男よね。六時になっても来なかったら、心配して警察に連絡しちゃうかも」

一人で店を切り盛りしている育子にはそんな風によく言われる。

「はい。芋焼酎のボトル。まだ半分以上はあるから大丈夫ね」

育子が耐熱グラスとポットを運んできた。どんなに店が忙しくても一杯目は必ず育子がお湯割りを作ってくれる。

「今年は残暑が厳しいわね。まあ、幸三さんはどんなに暑くてもお湯割りだけどね」

そうは言っても夏場は少しぬるめのお湯を用意してくれる。五年前に胃潰瘍を患ってからは、冷たいものや刺激の強いものは避けるようにしている。

お通しは長芋そうめん。素麺のように細く刻んだ長芋にめんつゆがかかっている。お湯割りを一口飲んで、長芋をつるんとする。薬味の紫蘇の香りが爽やかだ。

「育子さん、今日は何かお勧めはあるのかな？」

「あるある。あっ、でもお勧めなんて言い方失礼ね。人間だから」

「え？　人間？」

「そうなの。麻美ちゃん、こっちにおいで」

若い女の子が厨房から出てきた。小柄で目が大きくて、かわいらしい顔立ちの女の子だ。

「今日から正式にうちで働いてくれる麻美ちゃん。夏の初めに知りあって私がスカウトしたんだよ。こちら常連の幸三さんだよ」

そうか、どうりで表のスタッフ急募の張り紙がはがされていたわけだ。

「麻美です。よろしくお願いします」

こんなに若い女の子と話すのは久しぶりだな。幸三の気持ちも華やいだ。

「なんだか、若い頃の育子さんを思い出すね」

「あらやだ、幸三さん。今だって十分若いつもりだけど」

「こりゃ失礼。今でもべっぴんさんだよ。この店は昔から育子さんのお祖母ちゃんもお母さんも美人で有名でね。もちろん育子さんもだよ」

「幸三さん、嬉しいこと言ってくれるわね。でも、五十を超えたら太りやすくなっちゃってね」

「それで、育子さん、料理のお勧めは？」

「そうだったわね。まだまだ夏野菜が美味しいからオクラとささみのワサビ和えなんてどう？」

「うん。美味そうだ」

「あとは、さっぱり焼きナスとか？」

「それでいいよ」

「はーい。あっ、麻美ちゃんもナスぐらい焼けるようになってもらわないとね。一緒に厨房に来て」

育子の後ろを飼い犬のように麻美がついていった。

今日一緒に仕事をした若者と同じぐらいの年なのかなぁ。

今年六十七になる幸三は年金をもらいながら、週に二日か三日は庭師をしている。女房は二年前に亡くなって、家にいても特にすることもない、身体を動かすにはちょうどいいとシルバー人材センターに登録したのだ。

最近はわざわざ人を雇って庭の手入れをするような家は少なくなった。マンションも多いし、たとえ一軒屋で庭付きでも、芝生の手入れぐらいなら家族でできてしまう。素人でも簡単に使える道具だって通販で手に入る。しかし、幸三のような年寄り世帯は通信販売で買い物をしないし、自分で高い樹の手入れをしていて、万が一落ちて怪我でもしようものなら一生寝たきりになってしまうかもしれない。そんな思いから頼んでくれる家もあるらしい。若者だけだと世間話も上手にできないということで、若者とセットで組まれることが多い。

今日からは雅人《まさと》という二十代前半の若者と行くことになっていた。

慎重派の幸三は約束の三十分前には会社に着くようにしているが、雅人はいきなりの遅刻だ。二人一緒に担当の家に向かうことになっているのだが、会社でいくら待っても雅人は来ない。仕方なく幸三が仕事道具をのせた軽トラを運転して行くと、お客の家のすぐそばで手を振る男がいる。

「すいません、寝坊しちゃって。あはは。会社に行くより直接のほうが近いからこっちに来ちゃいました」

笑いながら言うことではない。ちゃんと謝ることもできないのか。朝から雰囲気が悪くなるのも嫌なので怒るのはやめたが、明日も遅刻したら、明日こそは言ってやろう。

そんなことを考えていると麻美が料理を持ってきた。

「えーっと、これなんだっけ?」

何を注文したかを忘れて麻美に聞くとハッとした顔をして
「少々お待ちください」

慌てて厨房へ駆け込んでいく。

しばらくして、

「オクラとささみのワサビ和えです。すいません」

ピョンと頭を下げていった。

ほお、ちゃんと謝れる若者もいるんだな。少し安心して食べてみることにした。茹でたオクラを輪切りにしたものとササミを細かく裂いたものをワサビ醤油で和えて、刻みのりがかかっている。あまり辛いものは苦手だが、これはワサビのピリ辛感がちょうどいいアクセントだ。ササミは蒸してあるせいか、パサつかずしっとり柔らかい。

「お待たせしました。焼きナスです」

今度はちゃんと料理の名前とともに皿が置かれた。これなら俺も焼きナスって分かるよ。くすりと笑ってナスに醤油をかけた。きれいに皮が剥かれたナスの翡翠のような緑が美しい。その上に花がつおが踊っている。ショウガ醤油で一口食べた。とろけるな。だんだん固いものが食べにくくなっているから、この柔らかさはありがたい。

「何か魚でも焼く？　それともしめに何か食べる？」

育子が尋ねた
「今日は魚はいいかな。何か軽く食べられるものは？」

「それならにゅう麺なんていいんじゃない？　もたれないし、野菜がたくさん入って具だくさんだよ」

「じゃあ、にゅう麺にするよ」

「はい。ちょっと待ってね」

育子は手際がいい。十分もしないうちににゅう麺をお盆にのせて持ってきた。お椀いっぱいに汁が入ったにゅう麺をテーブルに置く。

「熱々で麻美ちゃんがこぼしちゃったら大変なことになるから。はい、どうぞ。幸三さんも気をつけて食べてね」

細切れの鶏肉に、大根、小松菜、しいたけ、ニンジン、かまぼこの具材が入った出汁に素麺が下から顔をのぞかせている。アツアツのそれを幸三は時間をかけてゆっくりと食べた。


翌朝、会社に行ったが、またしても雅人が出発時間になってもこない。

「幸三さん、すいません、雅人のやつ、また寝坊したみたいで、昨日と同じところで拾ってくれって電話がかかってきてますけど」

仕方がないのでこの日も幸三は一人軽トラで仕事先に向かった。

昨日から庭の手入れに行っている村田《むらた》さんの家は七十代の夫婦二人暮らしだ。その昔は子ども、その孫も一緒に住んでいた大きなお屋敷だが、息子の転勤で、家族で大阪に引っ越してしまったらしい。敬老の日には息子夫婦が連休を使って帰ってくるので、そのときまでに庭をきれいに整えてほしいと依頼がきた。庭の真ん中には小さいながらも、小川が流れていて、見事な錦鯉が数匹泳いでいる。

この日も村田家の手前でエヘラエヘラと笑って手を振る若者がいる。雅人だ。車を停めると乗り込んできた。

「ちーす！　暑くて眠れないんすよね」

挨拶もできなければ謝罪もできないのか。幸三は無言で運転した。

村田家に着くと早速夫婦が迎え出た。夫の昭雄《あきお》と妻の千恵子《ちえこ》だ。

「おはようございます。今日もご苦労様です」

千恵子が庭の門扉を開ける。

「おはようございます。今日もよろしくお願いいたします」

幸三は丁寧に挨拶をするが、雅人はその横で軽く頭を下げるぐらいだ。

「奥さん、今日は松の木の手入れをして、順調にいけば明日の午前中には終わると思いますよ」

「あら、そうなの。それじゃあお願いしますね。ちょっとお洗濯の途中なんでごめんなさい」

千恵子が去っていった。

「さあ、やるか」

自分に気合を入れるように言って横を見ると雅人が携帯電話をいじっている。

「おい、何をしているんだ」

覗き込むとゲームをしていた。

「えへへ、朝はなかなか頭が回らないんで、ちょっと頭の体操ですよ」

「そういうことは家で済ませてこい」

そこからしばらくの間、幸三は松の木の枝を、雅人はほかの植木を刈って整えた。松の木の上からふと、下にいる雅人を見ると、集中して仕事をしている。思いのほかセンスもいいようで、仕事も早い。これで態度と挨拶さえちゃんとすれば、こいつも独立して自分の会社ぐらい持てるかもしれないのに。

「庭屋さん、そろそろ十時の休憩いかがですか？」

千恵子がお茶と饅頭をのせたお盆を持ってきた。

「あ、奥さん、すいません」

礼を言って見ると、朝よりも濃いピンクの口紅を塗って全般的に化粧が濃くなっている。

「おい、休憩にするぞ」

雅人に声をかけて縁側に座った。

千恵子は幸三の横に体をピタリとくっつけて座ってくる。

「冷たいお茶をお持ちしたけど、熱いほうがお好きかしら？」

「あ、どちらでも結構ですよ。ありがとうございます」

「あれ？　幸三さんは夏でも熱いお茶しか飲まないよね」

雅人が口を出してくる。

「あら、それじゃあすぐに淹れなおしてきますね」

「あ、どうぞお気になさらずに」

「僕は冷たいのでいいですから」

千恵子が慌てて熱いお茶を淹れに行った。

「おい、お客さんの好意でお茶の支度をしてくれているんだから、よけいなこと言うなよ」

最近はお茶の支度をしてくれる家もだんだんと減ってきた。自分で適当に休憩をとって、昼休みは軽トラの中で昼寝をすることも多い。

「はい。お待たせしました」

千恵子が熱いお茶を持って来て、また幸三の横に座った。

「暑いのに大変なお仕事ですね。私も暑いわ」

そう言ってブラウスの一番上のボタンをはずした。千恵子の薄い胸が横から見える。

雅人は饅頭を頬張りながら携帯を取り出してゲームをしている。

「こういうお仕事をされていると力仕事なんかもできちゃうのかしら」

「はい。まあ、重たいものも運びますからね」

「実は奥の和室にある鏡台の場所を変えたいんだけど、重たくて。私じゃ動かせないし、うちの人も腰が悪いからできないんだけど、ちょっと手伝ってもらえないかしら」

「お安いご用ですよ。すぐにやりましょうか」

「お願い」

「おい、雅人、ちょっと行ってくるからな」

千恵子に案内されて和室に行くと大きな鏡の下に引き出しが三段ついた鏡台がある。

「ここだと、暗いから南側に動かしていただけるかしら」

「じゃあ、ちょっとやってみますね」

持ちあげてみると、鏡が大きいせいか、かなり重たいが動かせないこともない。

「奥さん、この辺りでいいですか？」

幸三が鏡台を置いた。

「はい。ありがとう。嬉しいわ」

そう言って千恵子が幸三に抱きついた。

「奥さん、何をしているんですか、ダメです、ダメです」

慌てて千恵子を振りほどいて庭に戻った。

その後、昼まで仕事をして、また昼の休憩のときに何かされてはたまらないと内心ビクビクしていたが、昼はお茶を置きにきただけで千恵子は戻っていった。どうやら昭雄が近所の囲碁サークルから戻ってきたらしい。雅人と近くのコンビニで弁当を買ってきて縁側で食べた。

「幸三さんの奥さんはお弁当を作ってくれないんすか？」

「女房は亡くなっちまったんだ」

「そうだったんすか。なんか、すいません」

「別にかまやしないよ。お前こそ、誰か弁当を作ってくれるような彼女はいないのかよ？」

「いないっすよ。だって出会いが全然ないじゃないですか？」

「ゲームばっかりしているからなんじゃないか？」

「それもそうっすね」

仕事のセンスも良さそうだし、こうやって話してみると人懐っこくてかわいらしいところもある。

「さあ、明日の午前中には終わらせたいからそろそろやろうか」

「うぃっす」

午後は二人で鯉をバケツに移して、小川の掃除をした。

三時を回るとまた千恵子がお茶の支度をして持ってきた。幸三には熱いお茶、雅人にはペットボトルの冷たいお茶が用意されている。

「奥さん、すいません」

「いいの、いいの、うちの人は自治会の集まりで出掛けちゃったし、私、何もすることがないから。はい、これ頂きものだけど、フルーツゼリーもどうぞ」

「それでは、遠慮なくいただきます。雅人、いただこう」

「どうもっす」

汗を拭きながら雅人が来た。ペットボトルのお茶をラッパ飲みして、またしても携帯でゲームを始めた。

「あの」

千恵子が幸三を見る。

「はい、なんですか?」

「また、お願いがあるんだけど」

「私でできることでしたら」

「洗面所の電球が切れちゃったみたいで、取り換えてもらえるかしら?」

「はい。いいですよ」

まさか、また何かしようとか思っているわけではないよな。さっさと取り換えて戻ってこよう。

幸三は千恵子と洗面所に向かった。

「ここなんですの」

しなだれかかるように幸三の肩にもたれて千恵子が電球を指さす。

「分かりました。換えの電球はありますか?」

「はい、これ」

電球を手渡されて、取り換えようと幸三は上を向いた。その途端、幸三の喉ぼとけの辺りに千恵子がキスをしてきた。

「奥さん、ちょっと、奥さんてば。ダメですよ」

「だって、わたくし、寂しいんですもの」

「何を言っているんですか。ちゃんと旦那さんもいるわけだし」

「でも、庭屋さんの逞しい腕を見ていたら、なんだかたまらなくなっちゃって」

急いで電球を取り換えて庭に戻った。


翌日は朝から雅人もちゃんと会社に着ていた。三度目の正直だな。二人で軽トラに乗って村田家に向かった。

「幸三さん、今日で村田さんの庭、終わりっすよね」

「そうだな。順調にいけば昼前には終わるんじゃないか」

「あの奥さん、ちょっと欲求不満みたいっすよね」

「お客さんのこと、なんてこと言うんだ」

「だって、幸三さんを見る目、ヤバいっすよ」

そんなことを話しているうちに村田家に着いた。

「おはようございます。今日の昼までには終わる予定ですので、よろしくお願いします」

今日は朝から千恵子はしっかり化粧をして、髪はカールされている。

「うちは急がないからゆっくりやってくれていいですからね」

「千恵子、ゲートボールに出掛けてくるよ」

昭雄が声を掛けた。

「はーい、行ってらっしゃい」

千恵子が見送りに行く。

「さあ、片付けちまおう」

「そうっすね」

幸三と雅人は残っていた植木の手入れを始めた。

「お茶にします？」

十時を過ぎたころ、千恵子がお盆を運んできた。

「奥さん、ありがとうございます。あともう少しなのでやってしまいますね。この枝を片付けたら終わります。あと三十分か、そのくらいで終わりますよ」

「それでは、ここにお菓子をおいておきますので、適当につまんで下さいね」

「はい。ありがとうございます」

雅人と二人で片付けと最後の確認をした。

「すいませーん、奥さん、終わりました。確認をしていただけますか？」

千恵子が奥から出てきた。

「ありがとうございます。あっ、でも確認してもらうのは主人のほうがいいのよね。あの人、近所の公園にゲートボールに行っちゃってまだ帰ってこないのよ。でも、もうすぐお昼だし、そろそろ帰ってくるかと思うんだけど」

「まだ道具の片付けもあるのでしばらく待っていてもいいですよ」

「でも、悪いわ。ここから歩いて五分ぐらいの公園なんだけど、私が家を空けるわけにもいかないしね」

「あっ、それなら俺が呼びに行きましょうか？」

　雅人が言った。

「そうしてくださる？　助かるわ」

「全然余裕っす。この先を左に曲がって近くに小学校がある公園ですよね」

「そうそう。それじゃあ、お願いね」

　雅人が小走りに公園に昭雄を迎えに行った。

「庭屋さん。お名前、なんだったかしら？」

「私ですか？　武田幸三といいますが」

「奥様はいらっしゃるの？」

「いえ、二年前に亡くしました」

「それはお寂しいわね」

「まあ、だんだん慣れましたけど」

「武田さん、幸三さん。私、寂しいの。主人は昼間は囲碁やゲートボール、夕方からは自治会の集まりとかで、いつも私はひとりぼっち」

「はあ」

「幸三さん、私を抱きしめて」

千恵子が倒れ込むように身を預けてきた。

「奥さん、ちょっと、奥さん、庭先でこんなことしたらご近所に何を言われるか知りませんよ」

身体を離そうとしても、千恵子が強く抱きついてくる。

ガチャリと庭の門扉が開いた。

「おい。何をしているんだ。うちの女房に何をしてくれるんだ」

雅人が昭雄を連れて戻ってきた。

「いえいえ、私は何にも」

「なんだと、きさま。人の女房に手を出してそれはないだろう」

「本当に違うんです」

「じゃあ、なんでうちの庭で抱き合っているんだ」

「それは、奥様が」

「私、知らない」

「えっ、知らないって、奥さん、ひどいじゃないですか？　奥さんからですよ。抱きついてきたのは」

「うちのがそんなことするわけがない！」

そう言って昭雄がゲートボールのスティックを振りかざして幸三に殴りかかってきた。

「幸三さん、危ない！　逃げるんだ」

雅人が慌てて軽トラを取りに行って幸三を助手席に乗せると走り出した。

「おいおい、ちゃんと説明しないと本当に俺が悪いみたいじゃないか」

「仕方がないっすよ。あんな棒でまともに殴られたら死んじゃうっす」

たしかに昭雄はかなり頭に血が上っていたようだ。千恵子もしらばっくれるつもりらしい。

「幸三さん、会社に戻って報告しないとっすよね」

「そうだな、軽トラも返さないといけないし。でもちょっと時間をくれ。少し頭を冷やさせてくれないか」

「いいっすよ。じゃあ、車でその辺を少し回ってますね」

しばらくすると、雅人の携帯に電話がかかってきた。

「あっ、会社からだ」

「おいおい、ちゃんと止まってから電話に出ろよ」

近くのコンビニの駐車場に車を停めて雅人が会社に電話をかけ直した。

「あっ、もしもし。はい。雅人です。はい。はい。えっ、マジすか！」

「おい、どうした」

「幸三さん、大変っす。あの村田のじいさんが会社に来るらしいっすよ。しかもばあさんの方から会社に連絡があって、あの庭師の男を殺してやると、俺たちが忘れていった鎌を持っているとかって。ちょっとヤバいっすよ」

「そんなこと言っても、俺は何も悪くないし」

「ダメダメ。今は何を言っても聞いてくれないっすよ」

「会社は何て？」

「聞いてみますね。あっ、もしもし、幸三さんは何も悪くないっすよ。向こうが勝手に抱きついてきただけですから。それで、俺らはこれからどうすればいいんすか？」

困ったことになった。これで首になったら次の再就職を見つけるのは難しそうだ。

「幸三さん、今日は会社に戻らなくていいそうです」

「えっ？　なんでだ？」

「そんなの決まってるじゃないすか。会社に村田のじいさんが来るんすよ。見つけたら殺されちゃうじゃないすか。とりあえずは会社のほうで話を聞いてくれて、また明日、車を戻しに来てくれればいいって。社長だって分かっているんすよ。幸三さんがそんなことするわけがないって」

「車は？」

「俺の家は駐車場がないからな。どうしよう」

「うちの駐車場ならおける」

「じゃあ、今日のところはそこに停めましょう。案内してくださいね」

そこからは運転を代わって、幸三が運転して家の駐車場に停めた。

「あっ、また会社から電話だ」

「おう、出てくれ」

「もしもし、はい。はい。そうっすよね。あーよかった。じゃあ車は明日の朝、戻しますね」

「どうした？」

「村田のばあさんが謝ってきたって。うちの旦那が人殺しになっちゃ困るから、全部私が悪かった。ちょっと魔が差しただけですって」

幸三は安心して全身の力が抜けた。

「ちょっとちょっと、幸三さん、倒れないでくださいよ」

「ああ、大丈夫だ」

「なんか、腹減りません？　俺も倒れそうに腹減ってるんすけど」

朝から庭仕事をして、十時の休憩で小さな和菓子をつまんだだけだ。時計を見ると四時四十五分。

「雅人、今日はすまなかった。飯、行くか」

「いいんすか？　でも俺、金そんなに持ってないし」

「何言ってんだ。今日は世話になったから俺のおごりだ」

「マジで！　ラッキー」

車を降りて十五分ほど歩くと「おばんざい屋　くるくる」が見えてきた。

「こんばんは」

扉を開けると、今日は麻美が出てきた。

「いらっしゃいませ」

「五時の男、幸三さん、いらっしゃい。あら？　今日は若い方とご一緒なのね」

育子も出てきた。

「仕事仲間の雅人っていうんだ」

「麻美ちゃんと同じぐらいの年かしら？　たくさん食べていってね」

「あっ、はい。うぃっす」

「雅人さんはお酒は何かしら？　ビール？」

「はい」

「麻美ちゃん、生ビール一つと焼酎のお湯割りセット用意してね」

「はーい」

育子が冬瓜と鶏そぼろの煮物のお通しを持ってきた。

「雅人さんはお若いし、たくさん食べられそうね」

「はい。それに今日は昼飯も食べ損ねたんで、もうペッコペコっすよ」

「あら、そうなの？　何かあったの？」

「まあ、いろいろとね。でももういいんだ」

「それじゃあ、快く飲んで食べられるわね」

「雅人には何か腹にたまるものをだしてやってくれ」

「はーい。それじゃあ、トンカツでも揚げようか。それと、ご飯とお味噌汁にお漬物で定食みたいにするのはどう？」

「いいっすね。俺、トンカツ大好物」

「幸三さんは、トンカツよりもあっさりしたほうがいいわよね。薄切りの豚肉で冷しゃぶサラダにでもしようか」

そう言いながら、幸三の前に芋焼酎のお湯割りが置かれた。

「ほお、その冷しゃぶサラダにしよう」

「幸三さん、この店よく来るんすか？」

雅人が聞いてきた。

「ああ、ほとんど毎晩来てるよ。育子さんのお母さんがやっていたときは定食がメインだったから、うちの亡くなった女房とたまに来るぐらいだったけどね。今は軽く飲んでつまみにくることもあれば、しっかり食べる日もあるし」

「昼間もやっているんですか？」

「雅人さんでしたっけ？　うちは朝七時から十一時までが朝定食で十一時から二時までがランチなの。そこから休憩をとって夕方が五時から開けて、九時半がオーダーストップ。覚えておいてね」

「朝も昼も夜もなんてすごいですね」

「日曜日はお休みさせてもらいますよ」

雅人が尊敬の眼差しで育子を見た。

「ほかに何か作ろうか？」

「この間の焼きナス。今日もある？」

幸三が聞いた。

「あるわよ。っていってもナスを焼いてショウガをするだけだけど」

「じゃあ、それももらおうかな。雅人、お前も食べるか？」

「焼きナス？　うーん、どっちでもいいけど」

「あはは、若い人にはシンプル過ぎて人気がないのかもね。あっ、でも焼きナスは麻美ちゃんが初めて一人で作れるようになったうちのメニューなのよね」

「俺、やっぱり、それ食いたいっす」

雅人が頬を染めて言った。

「じゃあ、麻美ちゃん、焼きナス二人前追加ね」

育子が麻美に声を掛けて厨房へと入っていった。

今日のお湯割りは格別身にしみる。すきっ腹というのもあるが、村田家のことはかなり応えた。お客さんの庭には足を踏み入れても、家の中に入るのは今後やめたほうがいいな。

「お待たせしました。焼きナス二人前です」

麻美が細長い皿に大きな二本の焼きナスをのせて持ってきた。食べやすいように一口大に切ってある。

「ここで働いているんすか?」

雅人が麻美に聞いた。

「まだ見習いですけど」

「このナス焼いてくれたんですか?」

「はい」

「おい、雅人、いいから、熱いうちに食ってみろよ。麻美ちゃん、悪いね。こいつ、気はいいやつなんだ」

微笑んで麻美が厨房へと戻っていく。醤油をかけて雅人に勧めた。

「はい。うわっ、柔らかいな。あつつっ」

「どうだ、美味いだろう」

「美味いなんてもんじゃないっす。トロトロで飲めるぐらいに柔らかいっす」

雅人が麻美を意識して大きな声で言った。

「麻美ちゃん。よかったね。はい。トンカツ定食お待たせしました」

育子が大きな白い皿に厚みのあるロースのトンカツと山盛りのキャベツをのせて持ってきた。それに白いご飯となめこの赤だしにたくわん。

幸三の前にはガラスの大きな鉢にレタスや、キュウリ、茹でもやしと豚肉の盛られた冷しゃぶのサラダが置かれた。

「ポン酢とゴマダレ好きな方で食べてね」

「育子さん、ありがとう。俺も今日はご飯をもらおうかな。軽く一杯でいいから」

「あら、珍しい。じゃあ、幸三さんも定食セットにするわね」

テーブルの向かい側では雅人がソースをジャブジャブかけて猛烈な勢いでトンカツにかぶりついている。キャベツの山もみるみるうちになくなっていく。

「すいません、キャベツのお代わりありますか？　それとご飯をもう一杯。大盛で」

俺のせいで、昼飯食べられなかったからな。

「はーい、すぐに持っていくね」

幸三は冷しゃぶに、もやしとキュウリの千切りを巻いてポン酢につけて食べた。さっぱりして美味い。今度は同じようにしてゴマダレにつけてみた。まろやかな胡麻の風味がこれまた美味い。不思議なことに食べ進めるほどにお腹が空いてくるようだ。

「育子さん、ご飯は軽くでなくて、大盛でもらえる？」

ジャガイモ農家の光男《みつお》

「お父さん、こんなところで寝てたら風邪引くよ」

娘の千花《ちか》がこたつで寝てしまった中村光男《なかむらみつお》の背中を揺らした。

今日は町内会で来年の春に行われるスプリングフェスティバルの会合があった。朝早くから畑作業をして、夕食後に公民館に出掛けてきた。夏の盆踊りと秋まつりのほかにも何か町民でできる催しをということで、このスプリングフェスティバルが生まれてもう三十年になる。妻と二人でジャガイモ農家を営んでいる光男は、春先は出荷で忙しいのを理由に役員を断ることもできるのだが、光男にはそれができない理由がある。

それは三十年前の最初のスプリングフェスティバルの目玉企画であった「ミス・ポテト」に妻の幸子《さちこ》が選ばれ、そのとき一目ぼれをした光男がなんとかくどき落として結婚に至ったからだ。色白でかわいらしかった妻も毎日の畑作業で日に焼けていき、二人の子どもを産んで、身体も丸く逞しく変わっていった。

「中村さんは、初代ミス・ポテトの旦那さんなんだから、このお祭りの顧問みたいな存在だよね」

農家の仲間に言われてなんとなく断りきれず今年も実行委員を務めている。

今日の会合ではミス・ポテトに変わる新しい企画をみんなで考えていたが、いい案は生まれなかった。

「なあ、千花。やっぱりミス・ポテトっていうのは嫌なのか？」

こたつから起き上がって聞いてみた。

「そりゃ、そうだよ。当たり前じゃん。だって、日本語にすればイモ姉ちゃんってことでしょ」

千花は五年前の準ミス・ポテトに選ばれた。審査員は全員ミス・ポテトに千花を押したのだが、光男がその時の大会実行委員長で、親バカみたいだから勘弁してくれと言い、それでも一応は娘のプライドもあって準ミスにしてもらったいきさつがある。

「大学でもみんなからイモ姉ちゃんって呼ばれて、卒業して三年経つけど今でも千花のことをそうやって呼ぶよ」

「そうか。母さんのときはそんなことはなかったんだけどな」

どんな料理でも合うジャガイモのように誰からも愛される女性がミス・ポテトのコンセプトだ。

初代ミス・ポテトがお風呂から上がって光男のいるリビングにやってきた。化粧を落とすと眉毛がなくなって、顔の凹凸もはっきりしなくなって、そばかすも浮き出ている。ジャガイモを育てているとジャガイモに似てくるのか。

「お父さんも早くお風呂に入っちゃって」

「うん。どっこらしょ」
起き上がって風呂に行った。

農家の朝は早い。遅くとも五時に起きて身支度をして畑に行く。光男の畑は家の前の道路を挟んだところにある。二時間ほど仕事をして、いったん家に戻って朝食をとり、軽く休憩をとると、昼までまた畑で作業をし、昼食後に一時間昼寝をして、夕方まで作業をする。日によっては、農協や銀行などに行くこともあるし、勉強会に顔を出したりすることもある。

この日も朝五時に起きて、水を一杯飲んで、光男と幸子とは畑に出た。犬のハナも早起きで畑を走り回っている。冬から春にかけてはジャガイモの収穫の時期だ。

一時間ほど収穫をして、幸子は家に戻った。近くの農協に勤める千花を起こして家族の食事を作るのだ。サラリーマンの家からミス・ポテトになったのが縁で農家の嫁になったのだが、畑作業も子どもたちのこともよくやってくれる。

七時過ぎまで作業をして光男も家に戻った。
「ただいま」
「ちょっと、お父さん、邪魔だからどいてよ」

千花がバタバタと身支度をしている。

「もう少し早く起きればいいんじゃないか?」

「だって眠たいんだもん」

「たまにはお前も畑を手伝えよ。いつもダイエットとか言ってるけど、畑仕事はいい運動になるぞ」

「無理無理。日に焼けるし絶対に無理。あー、もうお母さん、制服のブラウスのボタンとれそう」

女の子なんだから自分でやればいいのに、自宅にいるといつまでも母親を頼る。

「おーい。飯」

「お父さん、おかずはテーブルに出てるから、ご飯とお味噌汁は自分でよそって。千花のブラウスのボタンをつけてあげないと」

俺の飯より娘の身支度か。苦笑して光男は炊飯ジャーからご飯をよそった。炊き立ての甘い米の香りが立ち昇ってくる。味噌汁の鍋の蓋を開けると甘じょっぱい味噌の香りがした。味噌汁の具はジャガイモだ。小魚の佃煮と卵焼きをおかずにご飯を二杯食べる。

最近ご飯のお代わりをする若者が減ったらしい。光男は十年前は朝から三杯は食べた。

そんな若者だって朝から農作業をすればお代わりするぐらい腹が減るに決まっている。

それにしても、まだ幸子と二人でなんとかできるが、この先はどうすればいいものか。光男の周りのどこの農家も後継ぎ問題には頭を抱えている。

「お茶淹れてくれるか?」

そろそろボタンを付け終わったであろう妻を大きな声で呼んだ。畑から家に戻ってきたハナがワンと鳴いた。


その日の朝食を終え、畑でもう一仕事すると、光男は軽トラに乗って静浜駅の近くのレストランに向かった。

友人の沢田が経営するその店ではジャガイモを直接買い取る契約をしている。ポテトフライにするので、大きさや形が不揃いなものでも引き取ってくれるのでありがたい。

この日も段ボールに六箱のジャガイモを詰めて持っていった。店に着いたが扉が閉まっている。普段ならランチ営業の前の仕込みの時間のはずだ。店の裏側に回って声をかけてみた。

「おーい、沢田ちゃん」

ドタバタと音がして二階から沢田が降りてきた。

「みっちゃん。ごめんよ。月曜日は定休日でさ」

「ああ、そうだったね。うっかりしていたよ。ジャガイモ持ってきたけど」

「ありがとう。じゃあ、店の中に入れちゃってよ」

「奥さんは？」

「犬の散歩に行ったよ」

二人でジャガイモの入った箱を店の厨房に運んだ。

「あれ？　店の雰囲気ちょっと変わったね」

「そうなんだよ。みっちゃんに紹介してもらった静浜信金さんに融資してもらってテイクアウト専用の窓口を作ったんだ」

「そうかそうか、静浜信金の鈴木さんね。うちも娘が農協だから、そっちの取引はもちろんあるんだけど、鈴木さんの人柄が良くてさ。投資信託のことも詳しく聞いたりして」

「おっ、投資？　みっちゃん、儲かってるね」

「違うよ。まあ、低金利の時代だから少ない資金をどうするかって感じだよ」

「良かったらコーヒー淹れようか？」

「いいの？　でもお店が休みなのにわざわざ悪いよ。それより喫茶店でも行く？」

「俺は休みだから時間があるけど、みっちゃん、畑いいの？」

「たまにはさぼらせてくれよ。それになんだか雨も降りそうだし。どこかこの辺の店を教えてよ」

二人は店を出て駅前商店街を歩いた。

「十一時か。なんだか中途半端な時間だな」

「みっちゃん、腹減ってたらランチでもいい？」

「いいよ。それなら女房に一本連絡入れるね」

「よっ！　愛妻家」

携帯電話で女房に連絡をすると向こうも今から美容院に行きたいからちょうどいいと言う。

「十一時からランチが始まる店があるからそこでいいかい？」

「さすが沢田ちゃん。飲食店のことはよく知ってるね」

しばらく行くと沢田が足を止めた。

「ここでいい？」

「おばんざい屋　くるくる」と書かれた看板が出ている。

「うん。なんか美味しいもの出してくれそうじゃん。入ろう、入ろう」

ランチの営業はまだ始まったばかりのようで、テーブルとカウンター席には、まだお客の姿はない。

「育子さん、こんにちは」

沢田が声を掛けると小柄な女の子が出てきた。

「あっ、麻美ちゃんだったね。こんにちは」

「いらっしゃいませ。お二人ですか」

「そうだよ」

テーブル席に案内されて座ると中年の女性がお水を持ってきた。

「どうも、いらっしゃいませ。沢田さん、今日はお店お休み？」

「そう。たまの休みには女房も俺も料理はしたくないから外食にしているんだ。こちらはうちにジャガイモを持ってきてくれている農家の中村光男さん。みっちゃんだ」

「あっ、もしかしたらコタロー君のお母さんのお家の中村さん？」

「そうそう。その節は町の皆さんに探してもらって世話になったよ。こちらは店主の育子さん」

「中村さん。いらっしゃいませ。ジャガイモ農家さんなのよね？　先ほどポテトコロッケを仕込んだとところだけど、ジャガイモ料理じゃないほうがいいわよね」

「いえいえ、私は作るのも食べるのもジャガイモが大好きなんですよ。毎日食べても飽きませんん。そのポテトコロッケをぜひいただきたい」

「あら、それじゃあコロッケ定食でいいわね。沢田さんはどうしましょ?」

昼のメニュー表を沢田が見る。

豚の生姜焼き定食、鶏の唐揚げ定食、鯵フライ定食、ハンバーグ定食、それにコロッケ定食が全て七百円。ほかにもカレーや親子丼、うどんなどの単品がある。

「じゃあ、おれは生姜焼きにするよ」

「はーい、ちょっと待っててね」

育子が厨房へ入って行った。

「あの二人は親子なの?」

「麻美ちゃんは見習いスタッフみたいだよ。育子さんはお祖母ちゃんの代からの店を守っているんだからすごいよね」

「へー。一人で?」

「うん。店の名前は変わったけどね」

「そうなんだ。親の仕事を継ぐのって俺たちの時代までは当たり前だったけど、今は違うよな」

「そうだよ。うちの息子は調理師学校には行ったんだけどさ、和食の料理人を目指すと言って東京のホテルに修行にいっちまったからな。夢のある若者に戻れとは言えないよ」

「それならまだいいよ。もしかしたら洋食に目覚めるかもしれないし、ゆくゆくは沢田ちゃんの店を和食の店に変えてもいいし」

「まあ、いつまで出来るかだよな。俺たち還暦だし」

「うちなんて、息子の和樹《かずき》は東京の建設会社だろ。娘は農協だけど畑仕事なんて全くしないし」

「千花ちゃんだっけ。もう年頃の娘さんだよな」

「同じ農協の中で彼氏がいるからそいつと結婚するのかもな」

「その彼氏にみっちゃんの畑を継いでもらえば？」

「そんなこと、とても言えないよ。お父さんのせいで別れたって千花に大目玉をくらうよ」

そこへ育子が定食のお盆を二つもって来た。

「はい、中村さんにはコロッケ定食。沢田さんは生姜焼き定食お待たせ」

白い皿に小ぶりで小麦色の俵型をしたコロッケが三つ。せん切りキャベツとくし切りにしたトマトが添えられている。それに筑前煮の小鉢と大根と長ネギの味噌汁、ご飯、白菜漬けだ。

「美味そうだな」

「だろ。俺、休みの日はほとんどここで飯食ってる」

「それなら間違いないな」

笑って光男は箸を取った。コロッケを箸で半分に割るとフワッと湯気が上がった。同時にジャガイモの優しい甘い香りもする。炒めたひき肉と玉ねぎが入っているが、ひき肉の量があまり多くないのがいい。コロッケの主役はなんといってもジャガイモだ。

まず、ソースを付けずに食べてみた。軽く塩コショウの味付けがされている。その塩気でジャガイモの甘さがより強く感じられる。衣もカリっと揚がっていて、口のなかで小気味よく音をたてる。

「みっちゃん、本当にジャガイモ好きだよね」

沢田が笑う。

「そうだよ。女房もミス・ポテトだし」

スプリングフェスティバルのことを思い出した。

「そのミス・ポテトの大会はもうやらないんだってさ」

「なんでだよ、みっちゃんの嫁さんも千花ちゃんもそうなのに」

「千花は準ミスだよ。まあ、それはどうでもいいけどね。どうやら日本語にするとイモ姉ちゃんになるみたいで、エントリーする人がいないんだよ」

「それで、今度のスプリングフェスティバルはどうするんだよ」

「いや、それだからさ、何かほかの目玉企画を考えなきゃいけないってことで、毎晩公民館で打ち合わせをしているんだ」

「そうか、みっちゃんも大変だな」

そう言って沢田が生姜焼きをご飯の上にのせてかき込むように食べた。

「何かいい企画がないかな?」

光男が白菜漬けを食べながら呟いた。

「ミス・ポテトは女性のコンテストだったたんだろ。それなら、今回は男性も参加できる何か考えてみたら?」

「うーん、男なんて祭りといえば、飲んで食べてぐらいしか考えてないだろう」

「みっちゃん、それだよ。食いもんだよ。大食いコンテストなら男女両方参加できるよ」

「大食いコンテストか。いいね。でも何を食うんだ?」

「そりゃ、みっちゃんの地区はジャガイモの名産地なんだから、ジャガイモ料理だろ。俺、ポテトフライ揚げてやるか?」

「あはは、沢田ちゃんのポテトフライは美味いけど、それだけを食べ続けたら喉につまるよ。何かあったら大変だ」

「それならこのポテトコロッケは？」

「そうだな。これなら今食べたけど、ジャガイモがなめらかでいいかもしれない」

「おーい。育子さん」

沢田が育子を呼んだ。

「はーい。お茶なら今から持ってくよ」

育子が食後にお茶を淹れてくれた。

「育子さん、このコロッケって作るの簡単？」

「別に特別なことをしているわけじゃないよ。ジャガイモを蒸かして、皮をむいてつぶして、そこに炒めたひき肉と玉ねぎを合わせて、塩コショウして衣を付けて揚げる。それがどうかしたの？」

「みっちゃんの地区で今度スプリングフェスティバルっていうのがあるんだけどね。その目玉企画でコロッケの大食いコンテストをどうかなと思って」

「制限時間を決めて、何個食べられるか競おうかなって思ったんですが、どう思います？」

「面白そうだね」

「先ほどいただいたコロッケが美味しくて、とてもなめらかだったんですよ。これなら喉につまらず食べられますよね」

「うちのコロッケは、玉ねぎをよく炒めてしんなりさせて入れているから食べやすいんだよ」

「確かその日は第三日曜日だったよな。毎月第三日曜日は定休日だから俺が作りに行ってやってもいいけど、一人でたくさんは作れないしな」

「それなら、私も手伝うよ。うちは、もともと日曜日はお休みだし、私もとくにすることはないからね」

「本当ですか？　今夜の会合でみんなに聞いてみよう。育子さん、コロッケを十個持ち帰りできますか？」

「一つ五十円だけどいい？」

「そんなに安いの？　それなら、うちの家族の分も買うから六個追加で」

「じゃあ、十個入りと六個入りね」

「そんなこと言われたら俺も食べたくなった。育子さん、こっちは五個ね」

「あらあら、注文ありがとう。すぐに揚げてくるからお茶飲んで待っててね」

　育子がコロッケを揚げに行った。

「そういうわけで、皆さん、コロッケを食べてみてください」

その日の夜、公民館の会合で光男はコロッケをふるまった。

「うん。これは美味い」

実行委員長の岡村《おかむら》が言った。

「もっと食べたくなる味だね」

「小ぶりなのがいいわ」

実行委員たちの評判はなかなかいいようだ。

「たしかに美味いが、ソースがほしいな」

「そうね。一つぐらいならそのままでも塩コショウの味でいけるけど、たくさん食べるとなると、飽きてくるわね」

「俺は、ソースよりも、コロッケには醤油と決めている」

「私はケチャップもほしいかな」

それぞれ意見を言う。

「それでは、ソースと醤油、ケチャップをあらかじめ準備して、調味料は自由に使ってもらって、コロッケを時間内に一番たくさん食べた人が優勝ということでどうでしょうか?」

光男が言った。

「そうだな。あとは、二位と三位ぐらいまでに賞品を渡すということでいいんじゃないか？」

岡村が言ってみんなが賛成の拍手をした。

「賞品というのは？　ミス・ポテトのときはジャガイモでしたけど」

光男が聞いた。

「今回も、もちろんジャガイモだ。うちの町内の名産だからな」

岡村が当たり前のように答え、ようやく目玉企画が決まった。

四月の第三日曜日、光男はいつも通り五時に起きた。今日、仕事は休みにするが、育子と沢田が七時半に公民館に到着する。それまでに公民館の鍵を開けておかないといけない。幸子と千花もコロッケ作りを手伝うので一家総出で早起きをして、朝ごはんを食べ七時には公民館に着いた。

七時半ちょうどに沢田が育子を乗せて車で到着した。

「沢田ちゃん、育子さん、おはようございます」

光男が車に近づくと、もう一人出てきた。

「中村さん、うちの麻美ちゃんも手伝ってくれるって」

「それは助かります。麻美ちゃん。ありがとう」

「なんだか楽しそうだから来ちゃいました」

はにかんで麻美が言った。

「じゃあ、早速お願いします。ジャガイモは公民館の調理室に運んであるんで、あとの材料は沢田ちゃんが仕入れてくれてあるよね」

「車の後ろに積んできたよ」

「まずはみんなで運んじゃおう」

食材を車から降ろして、公民館の中に運び入れ、コロッケ作りにとりかかった。


午前十時にスプリングフェスティバルが始まった。開会式では、実行委員長の岡村が挨拶をし、光男が開会宣言をした。その後、町内の幼稚園の子どもたちの合唱や、中学校の吹奏楽部の演奏、そして地元の子どもたちが通うダンス教室の創作ダンスと順調に進んでいった。

十一時半に光男は公民館に行った。

「そろそろどうかな？」

「お疲れ様。もう二百個はできてるよ」

幸子が手をパン粉だらけにしながら答えた。

「お父さん、すごく美味しい。これなら私、十個は余裕かも」

千花がつまみ食いをしている。

「おいおい、作ってるお前がそんなに食べたらなくなっちゃうだろ」

「みっちゃん、とりあえず、この二百個を会場に持って行こう」

会場は公民館の駐車場だ。沢田がコロッケを入れた大きなプラスチックのケースを台車にのせた。

正午になり、スプリングフェスティバルの目玉企画「ポテトコロッケ大食い選手権」が始まった。エントリーをしたのは全部で十人。慌てて食べて子どもや年寄りに何かあってはいけないと、条件として、健康に自信のある二十代から五十代の男女とした。制限時間五分以内にいくつコロッケを食べられるかで競われる。ソースや醤油、ケチャップもそれぞれの机に用意した。水も置かれている。

司会者に紹介されて男性八人と女性二人がステージに上がった。今年初めての企画ということもあり、公民館の駐車場にはたくさんの人が集まってきている。

ステージに上がった挑戦者のほとんどが二十代と三十代のようだ。それぞれの前の机に皿があり、小ぶりのコロッケが一つ置かれている。その横に一人ずつアシスタントの女性がつき、わんこそばのように、一つ食べ終えると、アシスタントが持っている山盛りにコロッケが入ったバスケットから皿に新たなコロッケを置く。

　ふと見ると、ステージの上にアシスタントで千花がいる。その横にいるのが千花の彼氏の徹《とおる》だ。

「それでは皆さん、ご準備よろしいでしょうか？」

　千花が徹のグラスに水をついでやっている。家ではお茶も淹れないくせに。

「よーい、スタート」

　司会者の合図で一斉にコロッケを食べ始めた。

「がんばれー」

「すごーい、あの人もう三つ食べたよ」

「あっちの女の人も早いよ」

「もう十個食べてる」

　一つ食べるごとに審査員がホワイトボードに「正」の字の線を引いていく。

「四分を経過しました。あと一分」

　司会者の声で皆の食べるスピードが一段と早くなる。

「お父さん」

　横を見ると幸子がいる。その横には沢田と育子と麻美も来ていた。

「俺たちの作ったコロッケが瞬く間になくなっていくな」

「でも、美味しそうに食べてくれて私は嬉しいよ」

育子が言った。

「お父さん、徹君、十八個」

「うん。でもトップは二十個目に入ったぞ」

「徹君、頑張って」

幸子が応援する。

「千花ちゃんもアシスタント頑張れ」

沢田も大きな声を出す。

「あと三十秒」

司会者が叫ぶ。

「十、九、八、七」

そこからは会場全員でカウントダウンをした。

「三、二、一、ゼロ」

「はい。終了です」

食べ終えて、挑戦者たちは水をゴクゴクと飲んだ。

「それでは結果を発表します。まず第三位は女性の方です。栗田加奈子《くりたかなこ》さん。十九個」

最近は女性でも男性を凌ぐ勢いでよく食べる人が多い。彼女もそのタイプのようだ。小柄で痩せぎみなのに、あのコロッケはどこに入ったんだろう。

「二位と一位はコロッケ一個差でした。二位がコロッケ二十三個で高橋徹《たかはしとおる》さん、そして栄えある一位はコロッケ二十四個完食した松田浩二《まつだこうじ》さん。おめでとうございます」

「すごいじゃない。あなた、徹君。二位よ」

ステージの上で千花が徹に拍手をしている。徹も楽しそうに笑っている。

「それでは賞品の贈呈です」

三位にはジャガイモ一箱、二位にはジャガイモ二箱、一位は三箱だ。

「どうする、あなた。きっと一箱、お裾分けでうちに来るわよ」

幸子が困ったような、嬉しそうな顔をして言ってきた。


スプリングフェスティバル最後は恒例の餅まきだ。実行委員全員と自治会の役員、それにポテトコロッケ大食い選手権の入賞者三人がステージに上がった。

「徹君、なかなかやるな」

光男が徹の横に並んだ。

「あと一個でした」

「それでも大したもんだよ」

「あっ、千花さんとお母さん、あそこにいますよ。結構後ろだな。遠くまで餅を投げてあげないと」

「そうだな」

沢田と育子、麻美もビニールの袋を振ってここにいると合図している。

「皆さん、餅まきを始めますよ。客席の皆さんは前の人を押さないようにしてくださいね」

毎年のことだが、餅まきはおおいに盛り上がる。

「それでは。お餅まき、スタートです」

司会者の合図でステージの上から袋に入った紅白の丸餅を投げた。前の方にも、真ん中にも、後ろにも。右も左もまんべんなく。毎年実行委員を務めているので、そのあたりの加減は分かっている。ふと、横を見ると、徹が千花たちにも届くように遠くの方に投げている。だんだん餅が少なくなってきた。これが最後だな。よーし。俺も負けるもんか。腕を大きく振りかぶって思いきり餅を投げた。

グキッ。その途端、肩に鋭い痛みが走った。やっちまった。右肩をひねってしまったらしい。痛みをこらえてステージを降りた。

「みっちゃん、どうした？」

異変を感じて沢田が駆けつけてきた。

「肩をやっちまったらしい。情けないな」

「あら、大変。今日は日曜日だから病院はお休みだし」

育子も心配そうだ。

「これくらい一晩も寝れば治るさ。今日は朝早くからありがとう」

「あなた、今日のお礼のお金を渡さないと」

「そうだった。ちょっと待ってて」

「みっちゃん、また今度でいいよ。それより早く休んだほうがいいよ」

「そうよ。なんだか、脂汗も出てきたみたいよ」

「じゃあ、また来週店に渡しに行くから。今日のところは申し訳ない」

幸子に支えてもらってなんとか家まで帰った。ちょっとひねっただけだから明日になれば治っているさ。痛み止めを飲んで光男は布団に入った。

明け方、寝返りを打った途端、ものすごい痛みで光男は目が覚めた。横で幸子が眠っている。これでは畑仕事は無理だ。

翌朝、近所の整形外科に行ってレントゲンを撮ってもらった。

「先生、畑があるので、明日には動けるように、何か痛み止めの注射でも打ってもらえませんかね」

「何を言っているんですか。脱臼していますよ。元の位置に骨を戻して、そこから三週間は安静にしていてください」

「三週間ですか」

「そう。少なくとも三週間」

肩の骨を戻してもらい、三角巾で腕を固定され光男は自宅に帰った。

「お父さん、大丈夫なの」

幸子が玄関に着くなり心配して俺を見た。

「脱臼したそうだ。三週間安静って困ったな」

「畑はどうしよう」

「ほかの家も忙しいから手伝ってとは言えないしな」

「和樹に連絡して少しの間帰ってきてもらう？　長男なんだし」

「東京から呼ぶのか？　脱臼ぐらいで帰ってこないよ。それにあいつだって何かプロジェクトを任されているとか正月に言ってたじゃないか」

「千花じゃ、重たいものは持てないし、畑仕事は無理よね。ハナ、どうしようかね？」

クーンとハナが鳴いた。

「幸子、いつかはこんなときが来るとは思っていたんだけどな」

その日、千花も心配して定時に仕事を終えて帰ってきた。肩のことを幸子が話すと彼氏に会ってくるという。病気の親より彼氏とデートとは我が娘ながら薄情な奴だ。

翌朝、目が覚めると居間から何か賑やかな笑い声が聞こえてくる。痛む肩を動かさないように二階から降りていくと、朝から徹が来ていた。

「おはようございます。まだ痛みますか？」

「徹君。おはよう。朝早くからどうした？」

「お父さん、徹がしばらく手伝ってくれるって」

「えっ？　だって農協に行かなくてもいいのか？」

「ちょうど有給がたまってるから、それを使って二人で旅行しようと思っていたの。でも、別にどこに行くって決めてもいなかったしね。お休み取るから大丈夫よ」

「そうなんですよ。それにその後にゴールデンウィークが来るからその時も休めます」

「千花」

「やだ、ちょっとお父さん、泣かないでよ。別にまだ畑を継ぐとも言ってないし、私たち結婚もしていないのよ」

「じゃあなんでだ」

「お父さん、もちろん千花さんとは近い将来結婚させていただきたいと思っています。千花さんから昨日、畑のことを相談されまして、将来二人が結婚してお父さんの畑を継ぐとしたら、僕に畑仕事ができるのか、試すというのは失礼な言い方ですが、体験しておきたかったんです」

「それにお父さんのジャガイモを待っててくれる人に届けられないなんて残念でしょ」

「千花、徹君。ありがとう。本当にありがとう」

「お父さん、でもバイト代ちょうだいね」

「ああ、いいとも。飯も食べ放題だ」

「さあ、みんな、朝ごはん食べちゃいましょう。畑仕事は午前中が勝負よ」

幸子が張り切って言った。

「ふーん。それで、徹君は畑仕事継げそうだって?」

ゴールデンウィークが過ぎて光男の肩も順調に回復した。この日はスプリングフェステイバルで払いそびれた日当を届けに沢田の店に行った。その足で二人は昼飯を食べようと「おばんざい屋　くるくる」に向かった。育子と麻美の日当もまだだったのだ。

「うーん。だいぶ大変だったみたいだよ。朝も早いし、腰にも来るし」

「じゃあ、ダメか」

「それがさ、意外と千花がいい筋していてさ。段取りが良くて仕事が早いんだ。何よりジャガイモを丁寧に扱う」

「そりゃ子どものころからみっちゃんと奥さんを見てきたからじゃないか」

「それで来年結婚して、千花が農協を辞めて畑を手伝ってくれるんだって」

「徹君は？」

「仕事が休みの日や朝に手伝って、また何かあったときに考えましょうだと」

「あはは。まあ、それでいいんじゃないか。みっちゃんも怪我が治ればまだまだ仕事はできるよ」

「はい、どうぞ」

育子がメニューを持ってきた。

「育子さん、その節は大変お世話になりました。これ、少ないですが育子さんと麻美さんの日当です」

光男が茶封筒を二つ、育子に手渡した。

「ありがたくいただきますね。それにしても、肩が治ってよかったですね。中村さん」

「はい」

「みっちゃんの娘の千花ちゃん、あの大食いで二位の彼氏と来年結婚だってよ」

「それはそれはおめでたい」

「みっちゃんにとって、もっとめでたいのは千花ちゃんが畑の手伝いをしてくれることが決まったことだよな」

「不思議なんですよ。これまで、畑の手伝いなんて全くしなかったくせに。なんでだろう」

「中村さん。私もね、このお店、若いころは母を手伝ってはいたんだけど継ぐ気はなかったんですよ」

「えっ、そうなんですか」

「食堂にランチを食べに来るＯＬさんたちが眩しくてね。私も会社に入って、制服を着たいって憧れてたの」

「それが、なんで？」

「母が腰を痛めて、あんたも継がないなら店を閉めるっていうのを聞いたら、なんだかとっても悲しくなっちゃったのよね。いつも当たり前のようにあったものがなくなるって、すごく不安でつらいものなんだって、その時初めて知ったの」

「みっちゃん。きっと千花ちゃんもジャガイモ畑が家の前にあるって当たり前のように育ってきたから、それがなくなっちゃうのが嫌だったんじゃないか」

「そうか」

「さあさあ、今日は何を食べる？」

「育子さん、そんなのコロッケ定食に決まってますよ」

「みっちゃん、相変わらず好きだね。俺もコロッケ定食にするよ」

「家族へのお土産のコロッケも揚げておくね」

そう言って育子は厨房に揚げに行った。

課長の正明《まさあき》

「新田《にった》さん、ご馳走様でした」

「おう。唐揚げ、美味かったか？」

「はい。甘酢ソースみたいのがかかっていてすごく美味しかったです。新田さんの鯵フライも大きくて美味そうでしたね」

「そうなんだよ。俺、子どもの頃は魚のフライってなんだか生臭い感じで好きじゃなかったんだけど、あの店で食べたらびっくりするほど美味くてさ」

昼休み、竹中文具《たけなかぶんぐ》の社内は昼食から戻ってきた社員たちが今日のランチの話をしている。

「河合課長はいつもどこでお昼食べているんですか？」

係長の新田が聞いてきた。

「俺か？　俺はそんな流暢にしている時間はないからな。今日も向かいのラーメン屋だ」

昼飯に金を使うやつらの気が知れない。どこに行っても混んでいるし、腹が膨れればそれでいい。向かいのラーメン屋かその近くのカレー屋、もしくは牛丼のチェーン店で十分だ。

「課長も今度行ってください。「おばんざい屋　くるくる」っていう店なんですけどね。気の良さそうなおばちゃんが一人でやっていて、昼の定食がどれも七百円で食べられて美味いんですよ」

「そうですよ。今日は僕は唐揚げ定食で新田さんが鯵フライ定食だったんですけど、つけ合わせのキャベツもたっぷりだし、その横のポテトサラダも美味かったです。それにひじきの煮物とご飯と味噌汁と漬物で腹いっぱいです」

今年入った高木《たかぎ》が言う。こいつは係長の新田にいつもくっついて昼飯をおごってもらっているようだ。

河合正明が勤める竹中文具は創業八十年の老舗文具メーカーだ。静浜駅近くに自社ビルがあり、一階はギャラリー兼店舗、二階から九階までがオフィスになっている。

最近の文房具はデザイン性の高いものが多い。「まるでアートのような文房具」をキャッチフレーズにした商品が、ここ数年売れに売れている。スワロフスキーが全面張られたホッチキス、ネイルアートをしているかのように見える指サック、養生資材のマスキングテープの色や柄は千種類以上ある。

なかでも正明のいる営業企画課は会社の中でも出世コースと言われている。得意先の会社に文房具を納めるほかに、それぞれの会社のマスコットキャラクターを作ったり、それを文具にプリントしたりするのだが、その文具を粗品にして顧客に配る会社もあり、それが大流行すると、ものすごい売り上げになる。

正明が係長だったころに担当していた会社で、一緒にウサギのキャラクターを作って、それを会社の備品にプリントしていたことがあった。その会社の社長の娘が、ウサギのキャラクターが気に入って、ボールペンの頭の部分にウサギの顔をのせてほしいと言いだした。プラスチックの小さなウサギの顔をボールペンのノックする部分にあてればいいのかと思っていたら、そうではなくて、五センチほどの大きな縫いぐるみのようなウサギの顔を付けたいという。そんな柔らかいものではうまくノックできないし、なにより邪魔だ。どうしてもということで、ノックする部分はボールペンのサイドに付けることにして、でかいウサギの縫いぐるみの顔をのせてやった。そしたらそれがうけたのだ。

あまりの人気で会社の粗品だったウサギボールペンは「ウサペン」という名前で商品化された。そして、女子中学生や女子高生はみんな鞄のポケットにそのボールペンを入れてウサギの頭の部分だけポケットから外に見えるように持つのが大流行した。

学生だけではない。仕事中や家事の途中に「ウサペン」を見ると癒されるとかで、会社のOLたちや主婦の間で人気となり、その功績が認められて、正明はその年の社長賞をもらい、最年少で課長に昇格した。

あのときが人生一番のピークだったのかな。

当時は妻の多佳子《たかこ》も誇らしそうで夫婦仲も良かった。一人息子の瑛人《えいと》も中学の野球部で一年生ながらレギュラーに入れたとかで、土日は家族で練習試合の応援に行ったり遠征先まで足を延ばしたりした。

課長になってからの三年は何かこれといった新規の契約は一つもとれていない。部下の手柄を自分がしたかのように部長に報告しながらなんとかやってきた。仕事が上手い具合にいかないと、ストレスもたまってくる。これといった趣味もない正明のストレスのはけ口は、酒を飲むぐらいしかない。

この日も仕事の後、新田を誘い飲みに行き、その後はキャバクラに行って憂さ晴らしをした。

「こんばんは。優香《ゆうか》です。」

馴染みの店「ルージュ」だ。前によく指名をしていた麻美という女の子が辞めた後、何人か別の女の子がついたが、最近の正明のお気に入りはまだ入って半年の二十歳の優香だ。

入店当時、麻美のヘルプについていた時は、化粧も下手で、あか抜けない子だったがここ数ヶ月でグンときれいになった。ここの店のいいところは女の子たちの谷間を好きなだけ拝ませてくれるところだ。

今日の優香はベアトップのシルバーのロングドレスを着て、何かの拍子でこぼれ出るかというぐらい胸元があらわになっている。ジロジロ見た。いくら見ても同一料金だ。ふと横を見ると新田がもう一人の女の子の横でゴルフのスイングについて熱く語っている。

「河合さん。今日は何の日か知ってます?」

「何かな～?」

「今日は優香の入店して半年祝いの日なんですよ」

誕生日や店の周年記念は聞いたことがあるが、入店半年記念なんて初めて聞くぞ。

「あのね、それでね、シャンパンなの」

そう言って正明の腕に自慢のバストをグイッと押し付けてきた。

「ウオッ」

思わず声がでた。

「太田店長、河合さんが優香の半年祝いでシャンパン入れてくれるって」

店長の太田がすっ飛んできて正明の前にひざまずいた。

「これはこれは河合様。ありがとうございます。優香はまだ半年で何もできていないので教えてやってください。まずはシャンパンの飲み方からですね」

そう言って高級シャンパンとフルートグラスを持ってきた。

「かっ、課長、大丈夫ですか? 僕、そんなにお金ないですからね」

新田が小声で言ってくる。

「俺だってそんなに持ってないよ」

そう言おうとしたら、また優香が横からグイグイとバストを寄せてきた。

「今日のところは、接待ってことで、会社のカードで払っておくよ」

「知りませんよ。僕は」

「ねえねえ、何話してるの？　ほら、シャンパン開けるって」

優香がそう言うと太田が勢いよくコルクを飛ばした。


翌朝、ワイシャツに着替えようとしたが、洗ってあるシャツが一枚もない。洗濯機の中をみると、ここ数日のワイシャツがそのまま丸まって入っている。多佳子は何をしているんだ。正明は洗濯機の中から一枚ずつ臭いをかいで、一番まともそうなワイシャツを着た。どうせその上に背広を着るから誰も気がつかないだろう。キッチンに行ったがシーンとしている。ここ一年ほど多佳子とは別の部屋で寝ている。正明が夜中に帰ってくると、酒臭くて目が覚めてしまうという。そのうち朝も起きてこなくなった。

瑛人も高校に入ってから変わってしまった。第一志望の野球の強豪校の受験に失敗し、それ以来、自分の部屋に閉じこもるようになってしまった。すべり止めで受けておいた私立の高校には数日しか行っていない。

冷蔵庫から牛乳を出して、キッチンの棚に食パンを見つけたのでトースターで焼いて食べた。

一週間後、会社にいると正明の携帯がブルブルと鳴った。「ルージュ」の優香からだ。

「かーわいいさん」

「優香ちゃん、ダメだよ。昼間になんか電話してきちゃ」

「あのね、優香のお願いきいてくれる？」

「うん。できることならね」

「できるできる。今日ね、お店に来てほしいの」

要するに金を使えということか。その手口にはのらないぞ。

「この間も行ったばかりだからなぁ。店長から何か言われたの？」

「ちがうよー。優香ね、今日新しいドレス着るんだ。河合さんに見せたいの」

この間の腕に寄せられた優香のバストの感触がよみがえった。

「仕方がないなー。じゃあ新田と行くから」

「わーい。優香嬉しい」

結局その日も嫌がる新田を誘ってルージュに行って、新しいドレス記念日だという優香のためにシャンパンを抜いてやった。そしてまたしても会社のカードで払った。前回よりも罪悪感は薄れていた。

「新田、今日の夜、空いてるか？」

数週間後の夕方、業務報告を書いている新田に声をかけた。ここ数回のルージュでの支払いについて、何か経理から聞かれたら、取引先の接待で行ったと口裏を合わせておかないといけない。

「はい。とくに予定はありませんけど」

「それじゃあ、ちょっと軽く一杯どうだ？」

「あっ、はい」

「課長、僕も連れてってください」

新田のコバンザメのような高木が言う。三人か。仕方がない。若い高木は酒もよく飲むが食べる量も多い。どこか安い居酒屋でも探すかな。

「おい。新田。お前たちがよく行く居酒屋ってあるか？」

「そうですね、居酒屋といいますか、おばんざい屋なんですが、前に課長に話した『くるくる』って店はどうですか？　僕らはランチでよく行くんですが、夜も行ってみたいって思っていたんですよ」

「いいですね。僕もそのお店がいいです」

高木もその店に行きたいらしい。たしかおばちゃんが一人でやっているとか言ってたな。ランチの定食が七百円なら夜もそんなに高くはないだろう。

「よし。じゃあその店にしよう」

三人は揃って会社を出た。


「いらっしゃいませ」

「おばんざい屋　くるくる」の扉を開けると、元気のよさそうな女性の声が聞こえた。

「これはこれは、竹中文具さん、いつもランチでご贔屓にしてくださってありがとうございます」

「育子さん、今日は課長と来たんだ」

「あっ、竹中文具の河合です。いつも部下がお世話になりまして」

「こんなお偉いさんに来ていただけるなんて、うちの店も出世したもんだよ。どうぞ、今後ともよろしくお願いいたします」

そう言って育子はお絞りとメニューを置いていった。

「課長、まずは生ビールですか？」

「うん。そうだな」

「高木君も生でいいよね。おーい、育子さん、生ビール三つお願いします」

新田が飲み物を注文した。

「おい、この店は何が美味いんだ?」

二人に聞いてみた。

「うーん、そうですね。何を食べても美味いですよ」

「新田さんは鯵フライがお気に入りですよね」

「じゃあ、その鯵フライと、あとは何か適当に頼んでくれ」

「はい。わかりました」

そこへ若い女の子がビールジョッキを三つ運んできた。

「お待たせしました。生三つです」

そう言って正明の方を見るとびっくりした顔をしている。

なんだなんだ、俺のことを知っているのか? いや、ちょっと待てよ。どこかで見たような顔だな。ほとんど化粧をしていないが、あの顔にアイラインを濃くひいて、真っ赤な口紅を塗らせると、あっ、あいつにそっくりだ。誕生日にせっかく予約をして、花の手配までしてやったのに突然店を辞めたキャバクラ「ルージュ」の麻美だ。でも、こんな地味な居酒屋でバイトするか？　他人の空似かもな。もう一度しっかり見ようとしたが、その女の子はもう奥に引っ込んでしまった。

「皆さん、ご注文はどうされます？」

厨房からお通しを持って育子が現れた。

「今日のお通しは鶏肉とレンコンの煮物ですよ」

小鉢には一口大に切られた鶏肉とレンコン、それに青菜が少し添えてある。味がよくしみていそうな煮物だ。

「育子さん、いつもの鯵フライは絶対に食べたいんだけど、ほかに何かお勧めはあるかな」

新田が聞いた。

「そうね、日が落ちると少し冷えるから揚げ出し豆腐なんてどう？　枝豆のガーリック炒めもお酒に合うし、牛タンがあるから焼いてレモンと塩で食べるのもお勧めよ」

「課長、どうですか？」

「うん。全部もらおうか」

「はーい。毎度ありがとうございます。まずは枝豆と揚げ出し豆腐を出して、その後で牛タンと鯵フライを持っていくね。ご飯とお味噌汁のセットも付けられるから、そのときのお腹の具合で言ってね」

正明はビールを飲んでお通しを食べた。鶏肉が柔らかく煮えている。その反対にレンコンはシャキシャキしている。甘辛さもちょうどいい。そう思って残ったビールを飲みほした。

「育子さんだっけ、ビールお代わりね」

「あ。課長、俺も飲みます。高木君もだね。育子さん三つお願い」

ビールのお代わりと一緒に枝豆のガーリック炒めが出てきた。塩ゆでした枝豆をさやごとガーリックやスパイシーな調味料で炒めてあるらしい。ビールが進む味わいだ。からのさやが皿の上に積まれていく。

「あの、ちょっと教えてもらいたいんですが」

新人の高木は研修期間を終えて、新田についてしばらく得意先を回っていたが、先月から小さい会社をいくつか担当させている。

「おう、なんだ、何かあったのか」

新田が聞いた。

「僕の担当の会社が多角経営に乗り出す一環で、カフェを開くそうなんです。そのカフェの店名がなかなか決まらないみたいで相談されまして。そもそも店名とかってどうやって決めるんでしょうね」

「コンセプトとか、思い入れがある言葉とかから選ぶんじゃないかな？　でも、分かりやすいほうがいいですよね。店名ではないですけど、課長の作った『ウサペン』みたいに」

「まあ、そうだな。それをお前が相談にのると何かいいことでもあるのか？」

「そうなんですよ。レジ回りの事務用品一式をうちで注文してくれるって」

「そうか、そうか。いい話だな。新田、何かあるか？」

「そうですね〜。あっそうだ、ねえねえ、育子さん、この店の『くるくる』って何か意味があるの？」

　育子が厨房から出てきた。

「うちの店はお祖母ちゃんがやっていた定食屋から始まっているんだけどね、母の代までは『静浜食堂《しずはましょくどう》』っていう地域の名前をつけた食堂だったのよ」

「それがなんで『くるくる』なんですか？」

　高木が聞いた。

「十年前に母が亡くなって、私一人でやっていくって決めたときにね、このまま結婚もしないで、店とともに人生を歩んでいくのなら、私らしい店にしたいと思ってね、それに家族がいなくても寂しくないように、朝も昼も晩も、家族にご飯を作る気持ちで店に立とうと思ってまず営業時間を変えたの。つまりは朝も開くことにしたのね。それで、お店の名前もいっそのこと変えようと思ってね、私の名前が育子だから『行く』の反対が『来る』でしょ。育子の店にお客さんが来るってことで『くるくる』にしたの。単純かな」

「『おばんざい屋』ってついてるのは？」

新田が聞いた。

「静浜食堂のイメージが強くて、最初は定食の注文ばかりでね。でも気軽に一杯飲みに来てほしいと思ったからつけといたの」

「なるほど。単純なんかじゃないですよ。すごくちゃんと考えてます。僕もその会社に何か提案できるように、もっとじっくり考えてみますね」

育子が厨房に戻って行った。

「おい、高木、最近新規の契約がほとんど取れていないんだ。もし、お前が何かいい案を出せばいけそうだな。今度俺、挨拶がてら行こうか。向こうもお前が若いから不安かもしれないし」

この契約が取れれば、また自分の手柄だと部長に報告できる。

「課長、まずは僕が一緒に行ってみますよ。いきなり課長が来ちゃうと相手もびっくりするかもしれないですし」

新田が余計なことを言う。

「そうか。まあ、じゃあまずは新田、一緒に行ってやれ」

契約が本決まりになるころに顔を出せばいいだろう。

「お待たせしました。揚げ出し豆腐ね。これは一人ずつお皿に分けておいたからね」

育子が揚げ出し豆腐が盛られた皿を三つ持ってきた。衣をつけて揚げた豆腐の上には大根おろしとネギがかかっている。

「アッチチチチッ」

高木が一口食べて、その熱さに我慢できず、厨房へ水をもらいに行った。

新田と二人になったところでようやく切り出した。

「おい、新田。この間のルージュのことだけどな、あれは寺田《てらだ》商店と岡田屋《おかだや》の接待交際費ってことにしておくからな」

どちらも竹中文具の昔からの主要取引先だ。

「課長、それ、大丈夫ですか？　最近、経理のチェックも厳しくなったようですよ」

「大丈夫だって。あんな会社の中から一歩も出ないようなやつらに俺たち営業のことが分かってたまるか。営業さんは、雨の日も風の日も夜遅くまで取引先のことを考えてるって思わせておけばいいんだよ」

ふと、横を見ると、高木が水を飲んでいる。そしてものすごい勢いで揚げ出し豆腐を食べ終え、ちょうど出来上がったので自ら運んできた牛タンの塩焼きにかぶりついている。

まあ、こいつは何か食っているときは、何も聞こえていないみたいだから大丈夫だ。

「はーい。新田さんの好きな鯵フライ。一人二枚ずつでよかったかしら？」

鯵フライを見た途端、不安そうだった顔の新田の顔が一気に笑顔になった。

「課長、これが絶品の鯵フライです」

「おお、そうか。なかなか大きいな」

「はい。ソースね。醤油もおいとくね。辛子醤油で食べるのもお勧めよ。うちは冷凍ものじゃなくて、新鮮な鯵を注文が来てからさばいて揚げるの。揚げたてだから熱いよ。食べてみて」

ソースをたらして一口食べてみる。衣がサクッとして、鯵は肉厚でフワッとしている。

「新田。焼酎に切りかえるか」

「はい。育子さん、芋焼酎をボトルで一本、あと水割りのセットください」

「はーい。グラスは三つね。今持ってく」

「あっ、新田さん、僕が水割り作ります」

その日も結局「ルージュ」に行ってしまった。

「新田君。ちょっと来てくれるか？」

戸田《とだ》部長が営業企画課の部屋に入って新田を呼びに来た。

部長のお出ましで何となく課内もピリリとする。

「あっ、戸田部長、新田がどうかしましたか？」

正明も気になって一緒に行こうとすると
「あっ、河合君はいいから。ちょっと聞きたいことがあるだけだから」

そう言って二人で部屋を出て行った。

三十分ほどして、青い顔をして新田が戻ってきた。

「おい、何を言われたんだ」

「課長、大変ですよ。あの『ルージュ』の支払い。本当に接待かと聞かれまして」

「それで、なんと答えたんだ」

「はい。もちろん、そうですと。ただ、日にちに関してはうろ覚えという風に答えておきました」

「そうか。それなら何とかなるだろう」

「それが、そうでもなさそうなんです。恥を忍んで今から取引先に電話をして事実確認をすると。どうしましょう。課長」

ふと見ると高木がこちらの様子を窺っている。そうか、あのおばんざい屋で聞いたことを高木が誰かに告げ口したのか。

時計を見ると定時を過ぎている。このままここにいてもバレて怒られて、左遷されるか、クビになるだけだ。正明はこそこそと荷物をまとめて会社を出た。

家に帰っても連絡が来るだろう。いや、家に帰ったらそこに会社の連中がおしかけてくるかもしれない。正明は夜の街を歩いた。途中、何度も会社からの連絡が携帯に入る。

うなだれて、歩き疲れて、ふと顔を上げると看板が見えた。「おばんざい屋　くるくる」だ。時計を見ると九時を過ぎている。とりあえず飯ぐらいは食っておこう。

「すいません、まだいいですか？」

扉を開けて店内に入った。

「あら、確か竹中文具の課長さんでしたよね。九時半オーダーストップだから大丈夫よ」

育子が迎え入れた。

「はい。お絞りと、それと生ビールでいい？」

正明はうなずいた。

ビールを持ってくると、育子が正明のテーブルの向かいに座った。

「課長さん、なんだか顔色が悪いけど何かあったの？」

正明は黙ってビールを飲んだ。麻美がお通しを運んできた。

「あの、失礼だけど、君はルージュにいた麻美ちゃんかい？」

「はい」

「まあ、いろいろあってね。今はうちの店で住み込みで働いてもらっているのよ。覚えもいいし、愛嬌もあるしで助かっちゃってるわ」

「私、もうルージュは辞めたので、そのときのことは話したくないんです。忘れたいんです」

「課長さん、麻美ちゃんもこう言ってるから、その話は勘弁してやってね」

「こっちだってルージュの話はしたくない」

そう言って正明は泣き始めた。

「ちょっと、ちょっと、課長さん、どうしたんですか」

びっくりして見ている育子と麻美に会社での話をした。

「自業自得じゃん」

麻美が言った。

「そんなことは分かっている」

「それで課長さんはどうしたいの？」

「なかったことにしたい」

「そんなの無理だよ。シャンパン飲んで、楽しい思いして、会社のお金を使っちゃったんだからね」

麻美が言い捨てるように言う。

「どうすりゃいいんだ。俺は」

「悪いことをしたら、人間、まずすることは何だと思う？　麻美ちゃん」

「謝ること」

「そう。そうだよ。子どもだって知ってるよね」

「その後はどうすればいい？」

正明は育子に聞いた。

「正直にすべてを話して、できる限りの償いをすることじゃないのかね。それでその後の判断は会社に任せるしかないよ」

正明の携帯が鳴った。今度は女房からだ。

「もしもし」

「ねえ、あなた、会社のお金を使い込んだって本当なの？」

「使い込んだってほどじゃないけど、ちょっと会社のカードを借りて払っちゃったんだよ」

「いくら?」

「うーん、全部で三十万円ぐらいかな」

「なんてことしてくれたのよ、そんな人の家族なんて恥ずかしいじゃない」

「それなら別れるか?」

多佳子が黙った。

「しばらく家には戻らない。お前や瑛人には迷惑をかけないようにするから」

電話を切った。

「課長さん、大丈夫?」

正明は千円札を置いて店を出た。

とりあえずはカプセルホテルに泊まることにした。誰にも会いたくなかった。普段なら狭いところは嫌いだが、寝ころべばいっぱいになってしまうその部屋にいると妙に安心した。

翌朝一番で静浜信用金庫のATMコーナーに行き、現金三十万円を下ろした。おととい が給料日だったので口座にはそのまま給料が入っている。そして市役所に離婚届けをもらいに行った。途中何度か会社から電話がかかってきたが無視した。その足で近くの郵便局に行き、三十万円を竹中文具に書留で送った。そして、離婚届の自分の欄を書いて多佳子に郵送した。判は持っていなかったので押していないが、何か家にある三文判を使うだろう。

会社は俺をどうするだろうか。そう思っていたら、また携帯が鳴った。今度は新田だ。

やり過ごすとショートメールが入ってきた。

課長、どこにいるんですか？

俺は返信した。

使った三十万は書留で送った。

また、新田からすぐメールが来た。

お金が戻れば警察には通報しないで何らかの処分で済ませる方針らしいです。

とりあえずは、金は送ったのだから、警察沙汰にはならない。でも、どんな顔をして会社に行けばいいんだ、俺は『ウサペン』で社長賞をもらった男だぞ。最年少で課長になったんだ。どこにも行くところがなく正明はこの日はインターネットカフェに行くことにした。

翌日多佳子から電話が来た。

「あなた、離婚届けが」

「ああ、すまない。でもどうせお前は俺のことはもう何の関心もないんだろう。飯も作らないし」

「だって、あなたはいつも外で食べてくるじゃない。何の連絡もくれないから、私はずっとあなたのご飯を作っては捨て続けてきたのよ。瑛人だって、受験に失敗したとき、あなたは夜中に香水の匂いをつけて酔って帰ってきて、それ以来、あの子何も喋ってくれなくなった」

　電話の向こうから多佳子のすすり泣く声が聞こえる。


　二日ほど正明はインターネットカフェで過ごした。

　ドリンクバーに行くとソフトドリンクならすべて無料で飲める。それだけでなく、味噌汁やスープといった汁物も飲み放題だ。何か食べておかないとと、カレーを注文したが、ストレスで胃がやられているらしい。ほとんど食べられない。

　そういえば、瑛人の大好物はカレーだった。多佳子が大鍋に作ったカレーを二杯も三杯もお代わりして美味しそうに食べていた。鶏もも肉を柔らかく煮込んで、ジャガイモとニンジンがゴロゴロ入ったカレー。カレーの日はご飯をいつもの倍の量炊かないとねと多佳子が言っていたのを思い出す。ここぞという日の野球部の試合の前の夕食は必ずカレーだった。夫婦で応援に行って、勝った帰り道、多佳子が何を食べたいと聞くと、瑛人はまた、カレーと答えてみんなで笑った。

いつから家族で食卓を囲まなくなってしまったのだろうか。瑛人が部屋にこもってしまってから、いや、多佳子が飯を作らず、家事をほとんどしなくなったせいなのか。

ちがう。この間、多佳子が泣きながら言っていた。

私はずっとあなたのご飯を作っては捨て続けてきたのよと。


その日の夜、正明は家に帰った。

家に帰るとキッチンに灯りが点いていた。多佳子と、そして瑛人もダイニングテーブルの椅子に座っている。

「瑛人、お前」

「母さんがずっと泣いてるんだよ。父さん、もしかして死んじゃうかもって」

「ごめんな。瑛人。」

正明は頭を下げた。

「多佳子、申し訳ない。この通りだ」

テーブルに手をついて多佳子にも頭を下げた。

「明日の朝一番で会社に謝りに行く。クビになるかもしれない。そんな情けない父さんが嫌なら、俺はこの家を出て行くよ」

「父さんと母さんは離婚するの？」

「悪いのは全部父さんだから、選ぶのは母さんだ。でも最後に謝らせてくれ。多佳子、ごめんな。仕事だって言い訳して外で飲んでばかりだった。瑛人にも寂しい思いをさせた。すべてのしっぺ返しが来たんだ。どんな罰も父さんは受けるよ」

「私も一緒に会社に謝りに行く」

　突然、多佳子が言った。

「夫婦で心を入れかえますって言えば、会社も許してくれるかもしれないじゃない」

「多佳子、会社はそんなに優しくはないよ」

「でも、あなたがそうなってしまった責任は私にもあるかもしれない」

「ありがとう。じゃあ、ダメ元で一緒に頭を下げてくれ」

「父さん、僕も行くよ」

　瑛人が言った。

「お前はいいよ。それなら学校に行ってくれ」

翌朝、瑛人は学校に行った。正明と多佳子は会社に行った。

「戸田部長。この度は大変申し訳ございませんでした」

二人で深々と頭を下げた。

「うん、奥さんも来てくれたのに、申し訳ない。今回の件はさすがの私でもかばいきれない。君が前にうちの商品を大ヒットさせたのは会長以下みんな知っている。ただし、いくら仕事ができても、信用できない社員じゃうちの会社は困るんだ」

「はい。ごもっともです」

「新田と高木からすべて聞いた。新田は今回は不問とするが、君はだな」

「はい。クビを覚悟で参りました」

「奥さんも来ているからちょうどいい。実はな、今度沖縄に支所を出すことにしたんだ」

「えっ？　沖縄ですか？」

「前に君がヒットさせたボールペン、『ウサペン』の会社が今度沖縄にも子会社を出すことになって、そこで海ブドウとゴーヤを使ったキャラクターを作ってほしいという依頼がきたんだ」

「はい」

「『ウサペン』があれだけ売れたんだから、今度も君なら何かできるんじゃないか。どうだ、沖縄でやり直してみないか？」

「えっ、クビじゃないんですか？」

驚いて正明は多佳子と顔を見合わせた。

「ありがとうございます。沖縄、行かせていただきます」

「私も息子も主人と一緒に沖縄に行きます」

多佳子が泣きくずれながら言った。

「いいのか。多佳子」

「ははは。まあ、今回は一応お金が絡んだことだから、査問委員会には呼ばれると思うが、社長も沖縄のことは承諾しているから。じゃあ、そういうことで。とりあえず、社内にいると何かとやりづらいだろうから、査問委員会まで休んでいてくれないか。今日も帰っていいから」

「はい。それでは、失礼いたします。沖縄のお話、受けさせていただきます」

二人で丁寧にお辞儀をして部長室を出た。

「多佳子、本当にいいのか？　沖縄」

「あらっ、私は昔から温かいところが好きだから嬉しいわ。それに瑛人も新しい土地で新しい学校に通ったほうがいいかもって」

「そうだな」

「ねえ、お腹減らない？」

「そういえば、昨日の夜も食べていないし、今朝もバタバタして何も食べていないな。今は十時か。こんな時間にやっている店あるかな？」

「あれ？　ここは？　朝定食が十一時までで、十一時からランチだって」

また、引き寄せられるようにこの店に来てしまった。「おばんざい屋　くるくる」。

「すいません。二人ですけどいいですか？」

多佳子が店に入って行った。

「どうぞどうぞ」

育子が出てきた。

「あら、おはようございます。課長さん」

「この間はどうも失礼いたしました。それにもう課長ではありません」

「そんなのいいから早く中へどうぞ」

「朝は焼き魚の和定食かハムエッグの洋定食ですが、毎週金曜日は朝カレーもあるんですよ」

みんなで食べたカレーの味がよみがえった。

「俺、カレーにする。お前は？」

「じゃあ、私も」

「はーい。朝カレー二つね」

そう言って育子がお水を置いて行った。

「瑛人、カレーが好きだったよな」

「あら、あなた覚えていたの？　そうよ。カレーの日はたくさん作ってもあの子がどんどん食べちゃうから、私は自分の分を加減してたのよ」

「そうだったのか」

「あなたの分もって、残しておいたのに、残業や飲み会で家でご飯を食べなくなって、せっかく残しておいたあなたのカレーも食べてもらえなくて」

「そうだな。悪かったと思っている」

「お待たせしました」

ぷーんとスパイスのいい香りがして、育子がカレーライスを二皿持ってきた。平たい皿の半分に白いご飯が、半分にカレールーがかかっている。その横には福神漬けとラッキョウが二つ。

「あら、美味しそう」

「奥さん、ありがとうございます。うちのカレーは専門店じゃないから、市販のルーで作ったものなんですよ。いくつかの種類のルーを入れて大きなお鍋で作るから、少しは味に深みがでているかもだけど」

「いただきます」

正明はスプーンですくって一口食べた。辛すぎず、どちらかと言えば少し甘口の優しい味だ。

「具がゴロゴロしていて美味しい。チキンも柔らかいわね」

多佳子が大きなジャガイモを頬張る。

「多佳子の作るチキンカレーも具が大きかったよな」

「よく覚えていてくれたわね。だって瑛人がまるで飲み込むみたいに食べちゃうから、ちゃんと噛んで食べてほしいって思って野菜を大きめにカットしたの」

「そうだったのか」

「なんだか、前に自分が作ったカレーを食べているみたい」

食べ終わるころに育子がコーヒーを運んできた。

「どうやら一件落着のようね」

「まあ、すべて私の身から出た錆なんですが、人生をやり直させていただく機会をもらったような気がします」

「私たち、家族で沖縄に行くんです」

「えっ？　沖縄？」

「まあ左遷みたいなものですけど、会社の支所ができるとかで」

「でも、良かったじゃない。ご家族で行けるんだから」

「はい。といってもまだ息子には話してなくて、これからですけど」

「奥さん、息子さんはカレー好きかしら？」

「そりゃあ、もう、大好物です」

「よかったら、お土産にカレー持っていきません？　今日はやけにたくさん作っちゃって」

「えっ？　いいんですか？」

「もちろんですよ。転勤のお祝いってことでどうですか？」

「育子さん。お祝いって感じじゃないですが、ありがたくいただきます」

会計を済ませて店を出た。

「ありがとうございました」

育子が送りに出た。

その後ろからも声が聞こえた。

「河合さん、どうぞお身体お気をつけて」

麻美の声だった。

北島　直子（きたじま なおこ）

1971年静岡県浜松市生まれ。
静岡大学教育学部附属浜松小・中学校、浜松海の星高等学校（現・浜松聖星高等学校）、白百合女子大学文学部英文学科卒業後、浜松信用金庫（現・浜松いわた信用金庫）に7年間勤務。
その後、地元を中心にアナウンサー、パーソナリティとしてテレビ、ラジオ、イベントなどで活躍。2005年から浜松エフエム放送（FMHaro!）でレギュラーパーソナリティを務めている。趣味は朝のジョギングと夜のお酒。

ギリ飯《めし》　～人生ギリギリご飯～

2021年12月1日　第1刷発行

著　者　北島直子
発行人　大杉　剛
発行所　株式会社 風詠社
〒553-0001　大阪市福島区海老江5-2-2
大拓ビル5 - 7階
TEL 06（6136）8657　https://fueisha.com/
発売元　株式会社 星雲社
（共同出版社・流通責任出版社）
〒112-0005　東京都文京区水道1-3-30
TEL 03（3868）3275
印刷・製本　シナノ印刷株式会社

ISBN978-4-434-29724-3 C0093